七条家の糸使い
よわよわ男子高校生のあやかし退治

藍依青糸

富士見L文庫

目次

桜はもう散っていたのを覚えている。

あれは、春が終わろうとしていた日のことだった。

夜の公園で一人妖怪と戦う女子高生、なんてものを見てしまったあのときに、俺の普通の日々は一変してしまったのだ。

第一章　秘密をのぞくとき

　私立八鏡学園《やかがみがくえん》。この辺りでは名の知れた、歴史と伝統だけはあるらしい中高一貫校だ。そんな学校に、中等部から通ってはや三年。大した感慨も新鮮さもなく新高校一年生となった俺、七条和臣《しちじょうかずおみ》は、抑揚のない授業にあくびを噛《か》み殺していた。

　彼女が欲しい。

　少ないながらも高等部からの新入生が交じった教室を見て浮かんだのは、切実かつ当然の願いだった。高校生になれば自動的に彼女ができるものと思っていたが、今のところそんな気配は微塵《みじん》もない。なぜなら女子の友達すら一人もいないからだ。現実と女子は無情である。

　そんなことを考えている間に、退屈だった授業が終わる。

「和臣ー！　なにさっさと帰ろうとしてんだよー！　高瀬《たかせ》ん家《ち》行こうぜー！」

「帰宅部エースの俺の下校を妨げるとは……田中《たなか》、流罪」

　騒がしくなった教室の中でも一際騒がしい男が、俺の机の前に立ち塞がっていた。勉学を犠牲にし、運動能力と騒音機能を手に入れたこの男とは、中等部一年の頃からの腐れ縁である。そこをどけ田中、俺は帰ってテレビを見るのに忙しいんだ。

「テスト前で部活ないから、みんなでゲーム大会しようぜ！　最下位はラーメン奢《おご》りな！」

「バカなんだからテスト期間ぐらい勉強しろよな。……で、ちゃんとオセロは用意してるんだろうな。俺シード権もらっていい？」

「和臣って弱いくせにオセロ好きだよなー！」

田中はなにがおかしいのかゲラゲラと大声で笑いながら、先に教室を出て行った。俺も、鞄を手に立ち上がる。

そう。俺の毎日は、こんな感じだった。

仲の良《い》い友達とさわいで遊んで、勉強はそこそこで。

漫画みたいにかわいい彼女はできないけど、それなりに楽しく過ごしていた。

普通に、楽しく、過ごしていたのだ。


結局、ゲーム大会が終わり帰路についたのは八時過ぎだった。なぜ俺が田中にラーメンを奢ることになったのか。大変疑問である。

中等部の頃は広いと感じていた友人の部屋も、最近では少し狭く感じる。田中など最近目に見えて背が伸びだしたし、俺だって多少は伸びている。よって今俺のことをチビと言っている奴らには大器晩成という言葉を教えてやる。

「ん？」

いつも通りの帰り道で、何とはなしに近くの公園へ目をやると、ぼんやりと青白い光が見えた。その光は、ゆらゆらと揺れては時折ふっと消えた。

明らかに街灯の灯《あか》りではないそれに興味が湧いて、軽い気持ちで公園をのぞいた。そう。ただ、それだけ。ただ、のぞいただけのつもりだった。

見上げた先にあったのは、黒くまっすぐな髪、小さな顔に載った鼻筋の通った小さな鼻と、形の良い瞳。すらりと長い手足に、制服の上からでも分かる腰の細さ。なびくスカートはスローモーションのように。

春からこの学校にやってきて、学年一の美少女と噂《うわさ》されている、俺のクラスメイト。水《み》瀬《な》葉《せ》月《はづき》は、空中で身をひねりくるりと地面に着地した。そして、すぐさま手に持った謎の札を構える。

一方水瀬の向かいには、この世のものではありえない、黒々と蠢《うごめ》く大きな蜘蛛《くも》のような、朽ちた毛糸の成れの果てのような、化け物が、いた。

水瀬はその化け物から目を離さず、たっと軽い身のこなしで後ろへ下がり距離をとった。次の瞬間には、あの細腕からは想像もつかないような速さと鋭さで、謎の札を化け物に向かって投げつけた。化け物が避《よ》ける間もなく、札が張り付く。

『ギギギギギギギ』

嫌に耳に残る掠《かす》れた音を立てて、蜘蛛もどきの黒い化け物は消えていった。

しばらく呆然《ぼうぜん》とその光景を見ていたら、バキ、と自分の足元から枝を折った音がした。

まずいと思ったときにはすでに遅く、水瀬がぐりんと首をまわしてこちらを振り向く。美しい顔の中、表情もなく見開かれたガラス玉のような目。その目と目が合う前、桃色の小さな唇が開く前に。

全力で背を向けた俺は、死ぬ気で走って家まで逃げた。

昨日の光景に気持ちの整理をつけられないまま、しかし何事もなく朝を迎え、学校へ向かった。あれはきっとリアルな夢だったのだ、いや確実に悪夢でしかないから忘れよう、と何度も自分に言い聞かせては、よりにもよって昨日の今日で学校を休んだ水瀬の席が目に入って、重いため息が出た。

悩むばかりでは仕方ないと意を決して、放課後に昨日の公園へ寄ってみることにした。

昨夜、水瀬がいたあたりを確認したが、何も残っていない。

やっぱり夢か、とほっとしたのも束《つか》の間《ま》。

「七条くん」

背後から突然かけられた涼やかな声に、ばっ、と振り返ると、そこには制服姿の水瀬が立っていた。相変わらず整いすぎている顔で、肩に落ちた長い髪をさらりと払い、両腕を組む。それから、恐ろしいほどの無表情で、俺を見下ろすように顎を上げて。

「七条くん、昨日ここへ来たでしょう」

「来てないよ」

「見たでしょう」

「見てないよ」

「嘘《うそ》、ついてるでしょう」

「ついてないよ」

ブンブンと首をふり続ける俺から、水瀬は無表情で視線を外し、はぁ、と息を吐いた。

「ちょっと、話がしたいの。今から暇かしら？」

「テ、テスト勉強が」

「暇ね、あのお店に入りましょう」

「ひぃん」

あまりに横暴な言い分に泣けてくる。会話した意味がない。

今すぐ帰って勉学に励みたいだけの、勤勉で真っ当な俺の意見は完全に無視された。それどころか、水瀬は半泣きの俺を強制的にコーヒーショップへと連行する。

店のドアを開ける水瀬の横顔を見ながら、これは何かまずいことに巻き込まれているかもしれないと、どこか他人事《ひとごと》のように思っていた。

「私が奢るから、好きなものを頼んでちょうだい」

「……じゃあ、コーヒーフロートで」

「一番高いの頼むじゃない」

そう言いつつも表情を変えなかった水瀬は、ブラックコーヒーを頼んでいた。平日の昼間だからか、やけに客の少ない店内で二人がけのテーブルに向かい合って座る。俺が甘ったるいドリンクを一口飲めば、水瀬も真っ黒な液体に口をつける。お互い無言の、気まずい時間が流れる。

「それで、七条くん。昨日のことだけど」

唐突に、水瀬の顔がこちらに向けられた。その目があまりにまっすぐこちらを見つめてくるので、思わず一呼吸詰めてから、俺も真剣に口を開く。

「俺、実は昨日の記憶がないんだ。だから、さっきから水瀬が言っていることはよく分からないな。というわけだから、もう帰っていいか？」

「とぼけるにしてももう少しマシなとぼけ方があるでしょう？」

水瀬が虫を見るような目で俺を見た。綺麗《きれい》な顔というのは、ただそれだけでここまで人の心を傷つけるのかと自身の胸の痛みで新たな発見をした。そんな俺の顔を見て、水瀬は疲れたように息を吐いた。

「まあ、話を続けるわ。昨日のことは、絶対に誰にも言わないで。言ったら消すわ。以上よ」

「わかった」

両手でサムズアップしておく。伝われ俺の誠意。

「あら、やけに素直ね」

水瀬はまた真っ黒なコーヒーを一口飲んで、先ほどまでとは違う、昏《くら》く沈んだ目をこちらに向けた。

「七条くんは、気にならないの？　私、結構普通じゃない自信があるのだけど」

ここで質問なんてしたら面倒ごとに巻き込まれそうじゃないか、とか、気にならないから消さないでくれ、とは思ったものの、なにも聞かずに解放してもらえそうな雰囲気でもない。世の中って理不尽だらけだ。

「あーー。水瀬、どうしてわざわざうちの高等部に？　引っ越してきたんだよな？」

水瀬はかなり遠くの出身らしい。高校生にして一人暮らしをしているという噂を聞いたことがあった。俺が当たり障りないようにとした質問に、水瀬はなんだか調子が狂ったようで、ふと目線の鋭さが抜ける。

「気になるのはそこなの？　まあ、いいわ。引っ越してきたのは実家から出たかったからよ。……昨日みたいなことがあるから」

「実家で何かあったのか？」

深く考えもせず、質問を重ねた。パフェスプーンをまわし、グラスの中の真っ白なクリームをかき混ぜながら、あまり減らない水瀬の真っ黒なコーヒーに目線をずらした。

「実家で、私は異常だったのよ。私だけ、視《み》えたの。……いいえ、忘れてちょうだい」

自分で言ったことを後悔するように、水瀬はふいと視線を外した。その顔は、硬く冷たい無表情のままだった。

「へえ。じゃあ、水瀬の家は普通の家だったんだ」

「……ええ」

水瀬はこれ以上話したくないのか、きゅ、と唇を噛んだ。しかし、ここまで聞いて、俺の頭を嫌な予感が掠めた。念の為《ため》、と小声で水瀬に問いかける。

「……なあ水瀬。まさか、今までずっと一人であんなことしてたわけじゃないよな？」

「そのまさかよ。……おかしいと思うなら思えばいいわ」

突き放すような拒絶の声。しかし、そんなことはもはやどうでも良かった。

「じゃあ、水瀬が妖怪とか視えるのは、他に誰も知らないってこと？」

「ええ。……あら？　私、妖怪だなんて言ったかしら？」

水瀬は怪訝《けげん》そうにこちらを見ながら、顎に手をやり首を傾《かし》げた。

「昨日の夜、水瀬が消したやつとか」

「七条くんも視えるの⁉︎」

水瀬がばん、とテーブルから身を乗り出し、鼻先が触れるほどの距離で俺を見つめてきた。ただでさえ大きな目はさらに大きく開かれ、白い頬にはうっすら赤みがさしている。今まで冷たかった目の奥に、ちかちかと光が散っているようにすら見えた。

水瀬の無表情以外の表情を初めて見たせいか、単に顔が整いすぎているせいか、どきりと思考が鈍る。そのせいで、ああ、だかうん、だか間の抜けた返事をしてしまった。しかし、水瀬は何も言うことなく、急にすとん、と椅子に腰を下ろした。もはや心配になって、恐る恐る顔をのぞいてみれば。

「私、一人じゃなかった……」

水瀬は痛そうなほどにぎゅっと目をつぶって、吐息のようにそう言ったきり、下を向いて動かなくなってしまった。

「ま、まあ、とりあえず行こうか」

急におとなしくなってしまった水瀬に気をつかったつもりで、わざと軽い調子で言った。しかし水瀬は顔も上げないまま、蚊の鳴くような声で。

「……どこへ？」

「役所」

そう言ってから、味のしなくなったグラスの中身を、苦々しい思いで飲み下した。

しかし、水瀬はなかなか顔を上げてくれなかった。どう声をかけようか悩んでいると。

「七条くん。役所って、どういうことかしら?」

全くの無表情の水瀬が顔を上げた。怖い。さっきまでのふさいだ様子はなんだったんだ。

混乱している俺をよそに、水瀬は返事を急《せ》かすように腕を組み、顎をくいと上げた。元気が戻ったのはなによりだが、急に強気だな。こんなジェットコースターのような女心、俺には気のつかい方もわからん。ただでさえ面倒ごとに巻き込まれたことは確実だというのに、視える女子の相手までとなると荷が重すぎる。

「七条くん?」

不思議そうに俺を呼ぶ水瀬を見て、出かけていたため息をのみこんだ。

「水瀬、今までなんの手続きもしてないんだろ? ならまず役所に行かないと。流石《さすが》に俺だってこの状況は放っておけない、というか、報告が義務っていうか……」

どんどん尻すぼみになって消えた俺の声に、水瀬は一つも理解できないというように無表情でこてんと首を傾げた。ああやっぱり面倒ごとだ、と心の中で自分の運のなさを嘆く。

「とにかく、行こう。役所五時までだから、急いで」

携帯で時間を確認しながら、バスの時刻表を見返す。この田舎でバスに乗り遅れてしまえば、後はないのだ。

「……わかったわ。聞きたいことは後にするから、行きましょう」

そう言った水瀬は、一人スタスタと足早にコーヒーショップを出て行ってしまった。俺も慌てて後を追う。なんとか間に合ったバスを降り、役所についたときにはもう四時半になるころだった。

それでも、役所はかなり混雑していた。窓口の横に置いてある書類を一部取り、長椅子に腰掛けた水瀬に渡す。

「これ記入して。あ、ペンある？」

「持ってるわ」

膝の上で、鞄を机に水瀬がさらさらと必要事項を記入していく。そのペンが、ピタリと止まった。

「……ねえ。この用紙、いつから妖怪や霊が見えますか、とか、家族に能力者はいますか、なんて書いてあるのだけど」

「うん、よくわからなかったら大体でいいと思うよ」

「そうじゃなくて、なぜ市役所にこんな用紙があるのよ。いたずらにしては手がこみすぎてるわ」

「どこの役所にもあるけど」

ピクリと、美しい形の眉が動いた。水瀬は用紙から顔を上げないまま、落ちてきた髪をうざったそうに耳にかける。

「妖怪って、そんなにポピュラーなものだったかしら？」

「視える人は少数派だと思うぞ。視えることも隠すし」

それが、水瀬が今まで視える人と出会わなかった理由だろう。それにしたって、この歳《とし》まで放置されているのはかなり特殊なケースだと思う。

「じゃあなんでこんなところにこんな書類が堂々と置いてあるのよ！」

急に顔を上げて怒ったように語気を荒らげた水瀬。しかし、人々の声とアナウンスが響くここでは誰も気にとめる様子はなく、俺だけが女子の突然の怒りに困っている。弱った。

「一定数は水瀬みたいに普通の家から視える人が出るから、一般の役所が窓口をしてるんだよ。視える人たちの管理をしてるのは別の組織だけど、わかりやすいよう役所にも書類を置いてる。まあ、水瀬は今まで役所とか来なかったみたいだから、知らなかったのかもしれないけど」

「来たわよ。一人暮らしだもの。転入届を出しに最近も、来たのに……」

水瀬が手元の用紙へと目線を落とした。ふるふると、長いまつ毛が震えている。どうやら怒りはおさまったようで良かった、と軽い気持ちで水瀬に笑いかけた。

「へえ、じゃあ注意力ないんだな！」

「なんですって？」

いきなりギロリと水瀬の大きな目玉がこちらを見た。しまったジョークの選択を間違えた。

「い、いや。だって一般人はともかく、視える人には見えやすいように置いてあるし……で、でも水瀬が見逃したんだったら置き方が悪かったのかも？」

慌てて弁解すれば、水瀬はつまらなそうにふいと書類に視線を戻した。

「どうせ、私は注意力が足りない間抜けよ。……ねえ、この後見人の欄はなに？」

「あっ。まずい、忘れてた。ちょっと待ってて」

慌てて外に出て、とある番号に電話をかけた。

じれったいコールの後、ぷつりと電話がつながる。

「あ。もしもし兄貴？　あのさ、ＪＫの後見人やんない？　めっちゃかわいいよ」

「……和臣、俺この時間寝てんの。知ってるだろ」

少し掠《かす》れた、実の兄の声。まるで寝起きのように覇気がない。どうしたんだ、悪質な睡眠妨害にでもあったか。

「もう役所閉まっちゃうからさ、頼むよ兄貴」

腕の時計が示すのは、四時四十八分。

「はあ、反省してくれ……。で、なんだって？　後見人？　どこの誰の？」

「俺のクラスメイト。学年一かわいいって噂《うわさ》の野良術者だ！」

「野良……？　まあ、とにかく一度会ってみないことにはな。あと、俺が後見人になるってことはウチの門下に入ることになるぞ。その子が元々どこの子かは知らないが、ウチに入ってもいいんだな？」

めんどくさ。サクッとやってくれないのか。

「難しいことは置いといてさ、名前だけ貸してよ」

「無理だ。大体、名前だけならお前がやればいいだろ？　免許はまだ持ってるんだから」

「えーー」

当てが外れた。また時計を確認したところで。

「もう寝直したいから切るぞ。それから、そういう大事なことはちゃんと父さんにも相談しろ。お前は全部急すぎだ」

ブツっと電話が切れた。時間を確認すると四時五十分。

仕方がない。本当の本当に不本意だが、俺の名前だけ貸すか。確か後見人は後日変更できたはずなので、この後兄に頼み込めば代わってくれるだろう。

役所の中に戻れば、水瀬は書類の残りの欄の記入は全て済ませていた。すっと背筋を伸ばして、まっすぐ前を向いて待合所の長椅子に座っている。それだけで、どこか他の人とは違う空気を纏《まと》っているように見えた。

「水瀬。後見人の欄は、俺の名前書いといて」

「え？」

「とりあえずだから、あんま気にしないでいいよ。ほら、時間ないから早く」

時計の針がどんどん動いていく。ここまで来て間に合わないなど、また後日こんな面倒なことに付き合うなど、本当にごめんだった。役所の待ち時間ほど意味を見出《みいだ》せないものはない。

「わ、わかったわよ……」

水瀬はペンを握り、スラスラと美しい字で俺の名前を書いていく。

女子に名前を覚えられていたのはちょっと嬉《うれ》しいが、視える人間は俺の恋愛対象外だ。残念。

「書いたわよ」

「よし。窓口いくぞ」

この空間の一番端、他より少しほの暗いそこは、不自然に周りに人がいなかった。

「七条くん、この窓口やっているの？　こんなに混んでいるのに、誰も並んでいないじゃない」

「ああ、これは軽い人払いの術で……能力者には見えやすくて、普通の人にはなんだか行きにくい感じを出してる。というか、水瀬って本当に能力者か？　こんな簡単な術に引っかかるの、一般人ぐらいだぞ？」

夜の公園で見た身のこなしの割に、なんだか鈍すぎる。あの時は、独特なスタイルの妖怪退治が好きな特殊な人だとしか思わなかったのに、まさかこんなにも何も知らないとは。

「……私だって、わからないわよ。でも、ずっと私だけ変なものが視《み》えるし、それが、……人を襲っているのだって、見たのよ」

水瀬が下を向いて、絞り出すように話すのを聞いて、急に頭が冷えた。今のは、完全に俺が悪い。

「悪い。視えてるのが自分だけだって思ってたら、そりゃ不安だよな。ごめん、馬鹿にしたつもりじゃないんだ」

「……気にしてないわ」

顔を上げた水瀬は、無表情でぱちりと瞬きをして、俺の顔をまじまじと見ていた。

人気《ひとけ》のない窓口の椅子に座れば、目の前には後頭部の防御力が心許《こころもと》ないおじさんが座っていた。紐《ひも》のついたメガネを首から下げていて、少々ワイシャツの腹部が窮屈そうである。窓口に座った俺たちにチラリとだけ目線をくれたおじさんに、記入した書類を提出した。

「すみません、こっちの子、新規なんですけど」

「ああ、はい。新規ということは、一般の家から?」

「はい」

おじさんは提出した書類をジロジロ見て、顎を揉《も》みながら感心したように口を開いた。

「へえ、この歳《とし》まで気づかなかったの。本当に？」

「はい、今までずっと視えるのは一人だと思っていたそうで。俺も昨日偶然見かけて」

「ああ、そりゃ大変でしたねえ。君も、報告どうも。じゃあ、ちょっと確認してきますから」

おじさんが奥に引っ込む。役所はここからが長いのだ。暇つぶしに、机の上に貼られたやけにポップな薬物防止ポスターを見ていると。

「ねえ、七条くん。あの人普通にあの書類の話をしていたけど」

「うん、あの人も能力者なんじゃないか？」

「さっきから思っていたのだけど。その、『能力者』って、なに？」

「そこからかーー」

思わず天を仰ぎ顔をおおった。

そうだ、水瀬はずっと一人で、誰も教える人がいなかったのだ。

役所に頼めば説明してくれるだろうが、先程の失言のお詫《わ》びも兼ねて俺が説明しようと思う。

人差し指を立てて、自分史上最高に真面目な顔を作った。

「いいか、能力者っていうのはな、」

「はーい、確認できましたよ。これ登録カード。なくさないでくださいよ、再発行は面倒なんでね。それから、説明希望の欄にチェックがあったんですけど、今日はもう窓口閉まっちゃうんですよね。後日、いらっしゃいます？」

テカテカと光るカードを持って出てきた、後頭部も発光しているおじさん。おじさんは腕時計を確認してから、チラッと水瀬ではなく俺の方を見た。

「いえ、こっちで説明しておくんで」

「そうですか。では、ほかに何かあれば役所《こちら》か、総能《そうのう》の方へ」

役所を出ても、水瀬はなにも言わずじっと真新しいカードを見ていた。

「水瀬、そのカード結構大事だからなくさない方がいいよ。あと、これから暇だったら俺の家来る？　多分今日父さんいるから」

「ちょ、ちょっと。話が急すぎてついていけないわ。それに、い、いきなりお家《うち》だなんて」

「大事なこととか説明するよ」

主に父が。

「ねえ、さっきから七条くんはやけに能力……そういうことに詳しいようだけど、どうしてなの？」

「ああ、俺？　俺はちょっと……特殊な家に生まれた感じかな。生まれた時から能力者……妖怪だとかが視える人ってわかってたというか……、まあ、それも話すから。で、家くる？」

水瀬は納得がいかないというように眉を寄せていたが、いきなり目を閉じて大きく息を吸った。しばらく経《た》ってその息を吐いたと同時に目を開けて、俺の目をまっすぐに見据えた。

「行くわ」

「ウチ結構遠いからバス乗るよ」

無表情の水瀬は、何か覚悟を決めたように口を引き結んでいた。なんの覚悟だろうか。

そのまま二人で黙ってバスに乗って、黙ってバスを降りて我が家まで歩いた。今まで接点すらなかったクラスの美少女と、全女子とのコミュニケーションに不安を抱えている俺。楽しく会話など続くはずがなかった。気まずい。誰か女子との楽しい会話術を教えてくれ。

結局沈黙のまま家に着いた。家の前で立ち止まった水瀬が、ボソッと呟《つぶや》く。

「……お屋敷《やしき》かしら？」

「ちょっと古いだけだって。まあ、無駄にデカいのは認めるけど」

終わりが見えないというのは大袈裟《おおげさ》だが、確かに数歩下がらないと全体は見えないであろう長い塀に囲まれた、古い日本家屋。その正面に構える、デカデカと「七条」と書かれた表札が掛かった門をくぐって、立ち尽くしている水瀬を招いた。

「どうぞ、いらっしゃい」

「お、お邪魔します」

とりあえず、女子を連れてきたなど姉と妹にだけは見つからないようにしなければ。古く軋《きし》む廊下が恨めしかった。

客間の襖《ふすま》を開けた先に誰もいないことを確認し、やっと安心して畳に鞄《かばん》を放って腰を下ろした。水瀬は少しぎこちないような動きで、すすめた座布団に正座していた。

「水瀬、なんか飲む？　麦茶とか」

「お、お構いなく」

「じゃあ、いきなりだけど話すか。まず……水瀬はいつから変なモノが視えたんだ？　家の人は視えないって言ってたけど……まさか、生まれつきか？」

水瀬はさっと背筋を伸ばして座って、無表情ながらもハキハキと話し出した。

「いいえ。小学三年生からよ。夏期学校で川に行ったとき、溺れたの。その時、視たのよ。川の中で私の足を引っ張る手を。それから、変なものが視えるようになったの」

「ふーん。多分、その時ズレちゃったんだろうな」

「ずれた？」

俺が座卓の上にあった煎餅の袋を開けながら言えば、水瀬はまるで初めて聞いた言葉かのように聞き返してきた。煎餅を一枚咥《くわ》え、残りを袋ごと水瀬に渡せば、水瀬は何も取らずそっと袋を座卓に置いた。そして早く質問に答えろと言わんばかりに俺を見てくる。俺は、どう説明したもんかなあ、と煎餅をひと齧《かじ》りしてから、ぼんやりと壁を見つつ答えた。

「普通の人はずっと交わらないはずの境界線。俺たちがいるここと、俺たち以外の怪異がいる場所との境目。水瀬は本来いるべきここからズレて、その境目に触っちゃったんだ。珍しいけど、ないこともない。それからずっと視えてるってことは、元々あっちを視る素質もあったんだろうな」

　水瀬は表情を変えないまま目線を落とし、唇に人差し指を当てて、何かを考えている様子だった。ふと、まつ毛に隠れていた瞳がこちらに向けられる。

「それは、治らないの？」

「治らない。一度交わったもの、知ってしまったものはなかったことにはならないから。……ご、ごめん、大丈夫か？」

　キッパリと言い切った後で、あまりにも配慮がなかったと反省する。水瀬は今までずっと、視えるのは自分一人だと思っていたのだ。そんな生活辛《つら》くないはずがないし、ましてや二度と元には戻れないだなんて、簡単に受け入れろと言うのは酷だろう。

「なんで七条くんが謝るのかしら？　治らないものは仕方ないじゃない」

　しかし、落ち込んだり泣いたりするかと思われた水瀬は、あっさりとした声で顔色ひとつ変えなかった。強がっているのかとも思ったが、表情からはなにも読み取れない。

そこで、ふと昨夜の光景が思い出された。

「……あれ。そういえば、水瀬はなんで妖怪と戦ってたんだ？　それに、札とか使ってなかったか？」

ずっと一人だったのなら、なぜあんなにちゃんと戦えていたのだろうか。視えるからといって戦えるわけではないのは、よく知っている。

「昔、友達が妖怪に襲われたのを見たの。誰も信じなかったけれど……、でも、私は見たのよ。事故だってことにされたけど、あれはあいつのせいだった。だから私は、妖怪を見たら絶対に退治するようにしてるの」

「すごい正義感だな」

そこで退治しようという気持ちになるところがすごい。普通ならそんな恐ろしいものは見ないように引きこもったりするのではないだろうか。

「それで、自分で本やネットで調べてお札を作ってみたの。そしたら結構効いたから、今も使ってるのよ」

「すごい度胸だな」

ネットの知識なぞ無根拠すぎて怖いとか、効かなかったらどうしようとか思わないのか。チャレンジャーすぎるだろ。

「まあ、それで不気味な子として、前の学校では煙たがられていたのだけれど。家でも親から頭がおかしいと泣いて言われたわ」

「そ、それは……」

突然のヘヴィー級の話に言葉に詰まった。

「……忘れてちょうだい。久しぶりに人に自分の話をしたから、内容を間違えたわ。話題を戻しましょう」

「え、いや、そんなこと……」

もっとつらくなってきた。

なぜか俺の方が落ち込んでしまって、俺が話しだすのを真顔で待っている水瀬の方がけろりとしている。なんでだ。

「七条くん、このお札、やっぱりおかしいのかしら」

俺がいつまでも話さないからか、とうとう水瀬の方から口を開いた。ぴら、と目の前に差し出された札を見て、また別の意味で心が重くなった。

「うーん。パッと見はヘンだけど、後でもうちょっとじっくり見せてくれ」

「ええ。でも、効果は実証済みよ」

その言葉に、なんだか胃の中が苦いような、頭が痛いような気分になった。

「その、妖怪と出会ったら即バトルみたいなの、やめた方がいいぞ。いつか大怪我《おおけが》する」

「でも、それだと妖怪はどうするのよ。視えない人を襲ったら、誰が止められるの？」

水瀬がぐっと眉を寄せ、俺を睨《にら》んだ。確かに、あんな化け物がそこら中で野放しになっていると思ったら不安だろう。

だが、もう安心してほしい。

「大丈夫。妖怪退治の仕事を請け負ってる専門家がいるんだ。まあ、多少は漏れる妖怪も出てくるけど……見逃すレベルの大体は何もできないような雑魚だから、気にしなくていいんだ。多分、今まで水瀬が戦ってきたのもそういうのだよ。それでももしなにかあったら、自分で戦うんじゃなくて総能に電話だな」

「そうのう？」

「全国の能力者をまとめてる組織。確か正式な名前は……全国総能力者連合協会《ぜんこくそうのうりょくしゃれんごうきょうかい》、とかなんとか。略して総能ってみんな呼ぶよ。怪異関連の問題なら、ここに連絡すれば何とかしてくれる」

総能の電話番号を教えようと、携帯の画面を開いて水瀬を見れば、真剣そうにじっと俺の話に耳を傾けていた。当たり前のことを話しているだけなのに、なんだかこっ恥《ぱ》ずかしくなってきた。

「……で、能力者っていうのは、水瀬とか俺みたいに、妖怪とか変なモノが視《み》える人のこと。視えるだけじゃなく退治したり、結界を張ったりできる人もいる。そういう人は総能に登録して、妖怪退治の仕事をもらったりできるんだ。水瀬も、やりたいならちゃんと総能に仕事もらうといいよ」

「そんなこともやっているのね、総能」

「怪異関連ならなんでもやってるぞ。他にも、名簿作ったり会報出してたり、土地の管理してたり……」

　そこで、ふと思い出した。

「そうだ、父さんのとこに行こう。俺よりきちんと説明してくれると思う」

　今一気に話したことも、もっと丁寧にわかりやすく教えてくれるだろう。自慢じゃないが、俺は説明が下手な自信がある。この先は父に全て任せてしまおう。

　急に気分が軽くなった俺とは対照的に、水瀬は落ち着かない様子だった。

「……七条くんのお父様も、妖怪が視えるのね？」

「ああ、うちの家族は全員視えるよ」

　なんだったら親戚もほとんどが視えている。

「だ、大丈夫かしら。私、急に押しかけてしまって」

「そこそこ堅苦しい人だけど、理不尽に怒ったりはしないから大丈夫大丈夫！」

　無駄に長い廊下へ出て、途中いくつもの使っていない部屋を通り過ぎ、父の仕事部屋へ向かう。

　スパ、と襖を開けると、紺の和服を着た父が畳の上で文机《ふづくえ》に向かい、謎の巻物を読んでいた。

「父さん、この子俺の同級生なんだけど、さっきまで能力者とか妖怪のこととかなんも知らなくてさ。色々説明してあげてよ」

「……まず、部屋に入る前に声をかけなさい」

父はそっと巻物をしまった。そのままこちらを見ずに、辛そうに右手でぐりぐりと目頭を揉《も》んでいる。父は、黙っていると切れ長の目とつった眉、さらには長身がたたって少々キツそうに見えるのだが、実際はそこまで怖い人ではない。ただ小言が多い。

「ごめん、また入っちゃった」

今月二回目となった注意に、とりあえずヘラヘラと謝れば、父は深いため息をついた。

「そろそろ覚えてくれ……。それで、その子か？」

俺の後ろに立っていた水瀬が一歩前に出て、父に頭を下げた。

「初めまして。七条くんの同級生の、水瀬葉月です。よろしくお願いします」

「はい。和臣の父の久臣《ひさおみ》です。何も知らないということは、役所にも行っていないのかな？」

「いや、さっき連れてった」

水瀬に代わって答えれば、父は不思議そうに腕を組んだ。

「ん？　それじゃあ、後見人は？」

「俺」

親指で自分を指さした。ドヤ顔まで決めた俺に向かって、父が盛大にため息をついて顔を片手で覆う。そんなに重く捉えないで欲しい、すぐに兄に代わってもらうから。

「はぁーー。お前は、もうほんと、なんでそうなるんだ……。おっと、失礼。じゃあ、私から色々説明しよう。水瀬さん、ここに座るといい」

「ありがとうございます」

文机を背に座り直した父と、その正面の座布団に座った水瀬を見届けて。

「じゃ、俺居間にいるから。父さんあとよろしく」

「え、お前はここにいないのか？　本当にどうしてそう勝手なんだ。いきなり連れてきた女の子を自分の父親と二人きりにするのはやめなさい。お互い困るだろう」

「俺がいても困るって」

何を当たり前のことを、と笑えば父も水瀬も黙ってしまった。もしかして、本当に俺がいれば場が盛り上がるとでも思っていたのだろうか。見くびれ、俺は女子と楽しくおしゃべりなんて生まれてこの方したことがないぞ。ならば、この時間に水瀬の使っていた謎の札でも見ておいた方が有意義だろうと思ったのだ。我ながら効率的な思考。

「じゃあ父さん、終わったら教えて」

「なんで、お前はいつもそうなんだ……」

父が両手で頭を抱えていた。

さっさと居間に行って、水瀬が書いたという札を座卓の上に並べてみる。

実際に妖怪に効いただけあってなかなかよく出来ていて、これを素人が自力で作ったのかと驚いた。今どきのインターネットがすごいのか、水瀬がすごいのか。

ただ、やはり所々おかしな箇所があったので、たまたま近くにあった油性ペンで書き足して修正していく。これは正しい札の書き方も教えるべきだろう。頼んだ父。

「あれ、和兄《かずにい》なにそれ。……うわ、変なお札！」

いつの間にかやって来ていた妹の清香《きょか》が、背後から首を伸ばして俺の手元を見ていた。

その拍子に、ポニーテールの毛先が顔に当たる。チクチクするからやめて。

妹は俺の肩越しに、水瀬が書いた札に向かってぶつぶつ何か文句を言っていた。

妹は、今年小学四年生になった。

そしてだんだん俺に厳しくなった。最近は普段から心を抉《えぐ》られるような言葉をぶつけられる。まさかとは思うが、反抗期だろうか。

「ねえ、和兄って結局なにしてるの？　お家《うち》の仕事も全然しないし、この札も変だし、お勉強もしないし、くさいし」

「……清香、兄ちゃんもな、心があるんだ」

くさいはダメじゃないか？　身内に向けるにしたってあまりにも切れ味が良すぎる言葉のナイフだぞ。

「だって本当だし」

「……ひぃん」

涙が出そうだった。


「和臣、お前全然説明してないじゃないか。もう少し丁寧に教えてあげなさい」

夕飯の並んだ食卓で、父が呆《あき》れたように腕を組む。皿の上がやけに豪華なのは、父に誘われた水瀬がいるからだ。

廊下から、お手伝いの昭恵《あきえ》さんがドヤ顔でこちらを見ている。そして、目が合った瞬間俺に向かってウィンク。

完全に、勘違いしていると思う。

「あら、なんでこんなに豪勢な……って、お客様？」

仕事があったのか、パンツスーツ姿の姉、静香《しずか》がやって来た。

妹が成長したらこうなるんだろうな、というか、父を若くして女性らしさを足したらこうなるんだろうなという顔が、水瀬を見て少し驚いている。ちなみに今は仕事でいない兄は父をそのまま若くした顔をしている。恐ろしい遺伝子の力だが、なぜか俺にだけは働かなかったらしく、俺は全く父に似ていない。幼い頃には血のつながりを危惧したこともあったが、今では笑い話である。

　そんなことを考えている間に、父が姉に水瀬の紹介を済ませていた。水瀬が今まで何も知らなかったと聞いて、姉が「大変だったわね」と優しげな笑みを向けている。

　実の姉にこんなことを言うのもなんだが、姉は美人だ。別にシスコンだなんだという話ではなく、客観的に、事実として、姉はモテる。よくなにも知らない男どもが、気の強そうな美人、と姉に熱を上げているが、訂正しよう。気が強い美人だ。近づくときには気をつけた方がいい。

「二人は同じクラスなのよね？　学校ではよく話すの？」

「いえ、今日がはじめてです。七条くんは、いつもお友達と一緒にいますから」

　水瀬の目線がこちらに向いたので慌てて目を逸《そ》らし、適当に取った天ぷらを口に放った。なんと、ナスである。

　俺はナスの天ぷらが好きだ。ふわふわでとろとろなところがいい。野菜なのにこんな食感になるなんて不思議で仕方ない。自然とまた同じ場所へと箸が伸びた。

「和兄、ナスばっかり食べすぎ。ほかのも食べなよ」

「ああ、うん」

またナスの天ぷらを取った。ナス美味《うま》い。

「和臣、食べ終わったら聞きたいことがある」

「ああ、うん」

天ぷらは塩で食べるのが良《い》いのだ。美味すぎる。

「和臣、父さんの話はちゃんと聞きたな」

「ああ、うん」

「……まあ、食べ終わったらでいい」

生返事ばかりしていたため気が付かなかったが、いつの間にか食卓が静まり返っていた。不思議に思って目線を上げれば、水瀬が宇宙人を見るような目で俺を見ていた。

そこまでナスばかり食べていたのかと反省し、次はエビを取った。

夕食後、おもむろに父が口を開いた。

「和臣、水瀬さんの事だが」

「ああ、うん」

デザートにと出てきた大ぶりのイチゴは真っ赤に熟れていて、みずみずしく赤い果肉がつややかに光を放っていた。そんな大変立派なご様子のイチゴに、冒瀆《ぼうとく》的なまでに練乳をかけている妹。もったいねえ。

父は何やら話しているが、どうせ関係ないとあまり聞いていなかった。ぱくりとイチゴを口に入れれば、テーブルの下で姉に膝を叩《たた》かれる。話を聞け、と無言でもわかる恐ろしい顔でこちらを見ていたので、仕方なく父の話に耳を傾けた。

「後見人になったそうだな」

「ああ、それね。はやく書類出したくてさ。俺もまだ一応、免許持ってるし」

父は、ため息と共にまたぐりぐりと目頭を揉んだ。

「……それでも、本当に後見人になったんだったらしっかりやりなさい。説明も大雑把すぎだ。これからも色々助けてあげるんだぞ」

「まあまあ、俺はただの間繋《まつな》ぎだからさ。あとは全部兄貴がなんとかしてくれるから、大丈夫大丈夫」

「なんで孝臣《たかおみ》がなんとかするんだ？」

心底不思議そうな父。

俺は能力者だとか妖怪だとかに関わりたくないので、後見人になんてなる気はハナからないのだ。はじめから、誰かに代わってもらうつもりでいた。しかし水瀬のことを知ってしまった以上、下手な人間には任せたくない。そこで、兄だ。

兄はこっちの世界では名が知れているし、性格は俺と真逆で真面目で誠実。さらにゴネれば大体なんでもしてくれるので、本気で頼み込めば水瀬のこともその他難しいことも全てどうにかしてくれるだろう。そうしてくれれば、俺も安心して元の学校生活に戻れる。

「そうだ、父さん札の書き方教えてあげてよ。今でも結構書けてるっぽいけど、ちゃんとした書き方は知っといた方がいいだろ？」

先ほど修正した札を水瀬に返す。水瀬は一枚一枚確認してから、まとめて全てをスカートのポケットにしまっていた。

父が、俺に言い含めるようにゆっくりと口を開けた。

「和臣、お前が教えてあげなさい」

「えー、俺教えるの苦手なんだよね」

今まで黙っていた姉が、たん、と湯呑《ゆの》みを置いた。妹も、空になった皿から目を離してじっとりと俺を見ている。

「和臣、あんたが後見人なのよ。自分で決めたなら、最後までしっかりやりな」

「和兄、どうせ暇なんだから教えてあげなよ」

どうせ暇なんだから、と妹に思われているのが少し堪《こた》える。

しかし考えれば、兄に後見人が代わるまでの間だけなのだし、このぐらいは良いか、と水瀬に向き直った。

「じゃあ、水瀬。今度札の書き方教えるよ」

「ありがとう、七条くん」

相変わらず無表情の水瀬に、じっと見つめられながらお礼を言われてしまった。なんだか、なんだかとてもひどいことをしているような気になってくる。もしかして、俺って無責任で他人《ひと》任せで不誠実か？

「和臣、あんたちゃんと丁寧に教えるのよ。水瀬さん、もし何かあれば言ってね。コレ、雑だから」

姉にコレ呼ばわりされたのが地味に堪える。

自己嫌悪と身内からの攻撃に半泣きになっている俺に、父は。

「和臣。後見人になったってことは、こっちの仕事もやるのか？　そうだったら孝臣にも、」

「いや、仕事はしない。今まで通り、俺はそっちには関わらないから」

父の言葉を遮る。仕事の話はしたくなかったので、早くこの場を去ろうと腰を浮かせた。

自分の皿に残っていたイチゴをさっと妹の皿に移してやれば、わあと嬉《うれ》しそうな声が上がる。それとは対照的に、父はいたって落ち着いた様子で話を続けた。

「無理強いはしないがな。しかしせっかく実力があるのに」

「もう夜だから。水瀬送ってくる」

かなり無理やり話を終わらせたのに、父は何事もなかったように「ああ、そうしなさい」と言った。妹は父の話を聞かない俺を嫌そうに見ていたが、その隣の姉の顔は、怖くて見られなかった。

俺の後に続いて立ち上がった水瀬に、父が声をかける。

「水瀬さん、一人暮らしは大変だろう。いつでもここに来なさい、歓迎するよ」

「ありがとうございます。本当に、今日はありがとうございました」

水瀬が深く頭を下げた。妹がすこし遠慮がちに、小さく手を振って言う。

「お姉さん、またね」

「……ええ。またね」

手を振り返されて嬉しそうな妹を置いて、家を出た。水瀬は学校のすぐ近くに住んでいるらしく、タイミングよくやってきた学校前で停《と》まるバスに乗った。

「ねえ七条くん」

「ん？」

バスに揺られながらぼうっと窓の外を見ていると、突然話しかけられた。誰もいない車内で、水瀬は俺の隣には座らずに、一つ後ろの席に座っていた。

「あなたって全然人の話を聞いていないのね。お父様が可哀想《かわいそう》だったわ」

「そうかな？　それ結構言われるけど、俺は聞いてるつもり」

「重症ね」

自身のリスニング能力を信じてVサインをした俺に向かって、水瀬はにこりともせず一《いち》瞥《べつ》をくれた。

学校前の停留所でバスが停まり、俺より先にスタスタと歩いて行ってしまう水瀬を追いかけるようにして、俺もバスを降りる。ほんの数分歩いたところで、水瀬が口を開いた。

「もうすぐそこよ」

「へえ。本当に学校に近いんだな。遅刻しなそう」

「ええ。……っ‼」

曲がり角に差しかかったところで水瀬が突然びくりと肩を震わせ、何かを避けるように身を引いた。目を向けてみれば、角を曲がった先の地面に、動物でも人工物でもない、どろどろとした黒いナニカが蠢《うごめ》いている。無視して進もうとしても、水瀬はその場から動かない。それどころか腰を落として、スカートのポケットへ手を伸ばしている。だから出会って即バトルはやめた方がいいって。

「あんまり気にしすぎるなよ。これ、まだ妖怪でもなんでもない雑魚だからさ」

「そんなこと言ったって！　見えてるのよ⁉」

「何もしてこないよ」

何も見なかったことにすればいいじゃないか。

水瀬は、怒っているのか焦っているのか、眉を寄せて大声を上げた。

「ここ、私の家の目の前なのよ！　こんなのを放っておいたら、気になって眠れないわ！」

「うん、慣れよう」

水瀬は急に表情をなくし、ゆっくりとこちらへ近づいてきた。かなり近い距離で、怖いほどの無表情で見つめられる。

「……七条くん。あなた、早く帰りたいだけよね？」

「だ、だって、明日からテストじゃん」

「あなたって、適当ばっかりね」

「ひぃん」

言葉の切れ味が抜群すぎる。間近で見る水瀬の無表情の整った顔も怖いし、思わず涙が出た。俺はただ、本気で帰りたいだけなのに。だって高校生の本分は勉強だろう。妖怪退治より、妖怪が視《み》える女子より、テストが大事で何が悪いのだ。

それに、俺はテストの前日に詰め込むタイプなので、今日の夜が勝負なのだ。既に当初の予定からはズレている。このままだと俺のテストは爆死してしまう。

しかし、このままでは水瀬が帰してくれそうにない。

仕方なく涙を拭き、すっと、大きく息を吸い込んだ。

「あー、今日の夕飯美味《おい》しかったなー！　明日も楽しみだー！」

「急に大声でどうしたのよ、また適当なことを……って、えっ！」

突然声を張った俺に水瀬が嫌そうに顔を歪《ゆが》めている間に、先ほどから地面で蠢いていた黒いナニカはすっと小さくなって、そのまま消えた。それを見た水瀬は、またスカートのポケットに手をやりながら、ナニカがいた場所から距離をとる。

「ちょっと、どういうことなの⁉」

「これぐらいの雑魚なら明るい気持ちとかポジティブな行動とかで消える。もう少し大きくなるとダメだけど……妖怪相手は気の持ち方が一番重要なんだよ。こっちが怖がると強くなるからな。つまり、ビビったら負け」

「そ、そう。知らなかったわ」

しかし、これは口で言うのは簡単、というやつだ。実際に怪異と出くわして、平常心でいるのは難しい。相当な経験か、持って生まれた才能が必要になる。

「……七条くんは、怖くないの？　なんだか、そういうのは不得意そうに見えるけれど」

「俺のことビビりだと思ってる？」

まあ否定もしないが、今日初めて話したのになぜそう思ったんだ。今日だけで何回も水瀬に半泣きにされたからか。

「まあ、俺はそもそも妖怪と関わらないようにしてるからいいの。水瀬も、これからはもう少し慎重にな。テスト終わったら、札の書き方とか妖怪の退治法も教えるから」

「学校のテストって、困ってる女の子より大事かしら？」

「いや、俺だって助けてあげたいよ。ただ、補習は嫌だし留年も嫌なの」

補習も最悪だが、留年でもしたらと思うと震えが止まらない。主に怒った姉やブチギレた姉など、色々恐ろしい。

「あら、そこまで厳しいテストなの？　私、まだこの学校のテストの雰囲気を知らないのよね」

「中等部の頃の様子からしてまあまあ難しいはずだし、留年した先輩もちらほらいるぞ。だから俺は早めに単位を取っておきたい」

「そういうとこはしっかりしてるのね」

「高校生ですから」

顎に手をやって決めポーズ。キマった、と思ったが、水瀬は何事もなかったように俺を無視してアパートの階段へと歩いていってしまった。キマり過ぎたか。

アパートの階段を数段上がった水瀬は、やけに白い蛍光灯に照らされながら、くるりと振り返って、手すりの上から俺をのぞき込む。

「じゃあ、テストが終わったらね。おやすみなさい、七条くん」

軽く手を挙げて応えれば、水瀬はもう振り返らなかった。

第二章　蜘蛛の糸

「しんどい」

最後のテストが終わったとき、俺はこの世の邪悪に対する恨みを募らせていた。誰だ、こんなに俺を心身ともに追い詰めたのは。

連日の徹夜のせいであまりにも眠く、早く家に帰って寝ようという思いだけを支えに、のろのろと帰り支度をする。今日こそ布団で好きなだけ寝てやる。ここで帰宅部としての立場を生かさずしていつ生かすのか。

せっかくのテスト最終日、帰宅部であれば昼前に帰れるというのに、友達はみんな部活に行ってしまった。うるさい田中《たなか》も俺同様、毎日徹夜していたので、死んだ目で体育館に向かっていた。生きて再会したい。

ちなみに田中が所属するのはバレーボール部だ。田中は頭脳を犠牲にして体力を得ているので仕方がないが、運動部への入部など俺には到底考えられない。走ることもボールと触れ合うことも、好きだと思ったためしがない。

「七条《しちじょう》くん」

いきなりだった。俺の机の目の前に、超絶美少女が肩に鞄《かばん》をかけて立っている。思わずごんと額を机に打ち付け、そのまま突っ伏した俺を水瀬《みなせ》は無表情で見下ろしている。

「さあ、話をしましょう」

「大変だ、眠すぎて幻聴が聞こえる」

「現実の音声よ」

もう半泣きだった。

「すいません。ここ三日寝てないんです。寝かせてください」

正直に言った。ごめんなさいもう無理です。寝かせて。

「私も三日我慢したわ。さ、色々教えてちょうだい」

水瀬が急《せ》かすので、涙を呑《の》んで気力だけで席を立った。なんでこんなことに。

それから、周りの誰も見ていないことを確認して、さっと小声で水瀬に耳打ちした。

「なあ、あんまり学校では話しかけないでくれ」

「あら、急ないじめかしら？」

水瀬は冷たい目で俺を見下すように、首をかしげた。小さく手を振って否定する。

「いや、ただ水瀬が目立つから。噂《うわさ》されたら困るじゃん」

「……七条くんも、そういうのを気にするのね」

「高校生ですから」

女子との噂など人生の最重要事項だ。しかも相手は水瀬。学年一の可愛《かわい》い女子だ。今は教室にほとんど人がいないから良かったものの、もし田中にでも見つかって騒がれたら、俺は死ぬ。物理的に。

さっきからつまらなそうに俺を見ていた水瀬は、全く心に響いていないように薄い声を出した。

「これからは気をつけるわ」

「本当に頼むぞ」

今度は返事すらなかった。

どうにも放してくれそうにない水瀬を連れて、とある知り合いの家に向かった。学校から歩いてほんの十分ほどで、庭の松の木が立派な日本家屋が見えてくる。正直我が家と比べるとこぢんまりして見える門をくぐって、思った通り鍵のかかっていなかった玄関の戸を開けた。背後で水瀬がキョロキョロと、この家の人間を探しているのがわかった。

「タケ爺《じい》ー、部屋貸してーー!」

いきなり声を張った俺に驚いたのか、水瀬が動きを止める。しんと静かだった家の奥から、「おーー」としわがれた声が返ってくる。少し間をおいて、痩せた爺さんが顔を出した。

「おお、和坊《かずぼう》! とうとう彼女ができたのか! よかったなあ!」

奥から出てきた爺さんは、元々にこやかな顔をさらに綻ばせて俺の肩を叩《たた》く。五年ぶりに会ったというのに、久しぶり元気かの一言もない。久々の再会に内心ちょっと緊張していたのは俺だけだったようだ。あと、今時の若者にそう簡単に彼女ができると思わないでくれ。俺だって悲しいんだから。

「タケ爺、この子、総能《そうのう》関係」

「お、そうか。婆《ばあ》さん呼ぶか？　台所にいるぞ」

急に笑顔をひっこめた爺さんが、廊下の奥を振り返った。

「んー、まだいい。とりあえず部屋借りてるから、終わったら呼ぶよ」

通された和室は、相変わらず墨の匂いがした。壁には、おそらく近所の小学生が書いたであろう習字の半紙や、洗われた筆がぶら下がっている。いくつかある文机《ふづくえ》のうちの一つの前に腰を下ろせば、今まで黙って後をついてきていた水瀬が口を開いた。

「七条くん、ここはどこなの？」

「総能支部」

「え？」

ちなみにさっきの爺さんはただの一般人で、妖怪だなんだは全く見えない。この支部を牛耳っているのは、別の人物である。

「とにかく、始めようか。水瀬は何を聞きたいんだっけ？」

「ずいぶん急ね」

早く帰って寝たいから、とは言えなかった。

「私、まだ何を聞けばいいのかすら、よくわからないのだけれど」

「あー、じゃあとりあえず重要そうなことからいくか。この間父さんから聞いただろうけど、一般人には能力者とか妖怪とかのことは言わないでくれ。あんまり目に余るようだと、総能から罰則がくる」

「わかっているわ。視えない人が妖怪のことを知っても、対処できないもの。興味本位で手を出して取り返しのつかないことになるかもしれないのよね」

お手本のような答えだな。これ俺もういらないんじゃないか。帰っていいかな。

「あと、水瀬の名前は役所に行った時点でもう総能の名簿に登録されたから。何か困ったらここにくればいい」

「わかったわ」

「総能支部、表向きは剣道教室と書道教室だけど、京都《きょうと》にある総能本部の支部として、この辺《ここ》りの能力者の対応をしてるんだ。さっきの爺さんは剣道教室の方の師範やってる」

水瀬はずっと真剣に話を聞いている。この間も思ったが、そんなに体に力を入れてまで俺の話など聞かない方がいい。もっとリラックスして、七割ぐらいで聞き流す心持ちでいてくれ。俺はいつもそうしてる。

「あとは、札の書き方か。ここの婆さん、札書くの上手《うま》いんだ。習うといいよ。強制で書道教室にも入ることになるけど」

「……七条くんが教えてくれるんじゃないのね」

「月謝は俺がもつから許してください」

堂々と頭を下げた。申し訳ないが、あまり能力者と関わり合いになりたくないのだ。この婆さんは信頼できる人なので、俺がいなくても悪いようにはならないはずだ。そろそろ、俺は普通の日常に戻りたい。

「もしかして、七条くんは札を書くのが苦手なの？」

「上手《うま》くもないし下手でもない。ただ、人に教える自信がない！」

キッパリ言い切ると、水瀬は「そうなの」と無表情で言ったきり興味を失ったようだった。

「婆さんなら、頼めば妖怪退治の方法も教えてくれると思うけど、もししっかり習いたいんだったらそういう場所を紹介する。一応、専門の塾があるんだ」

「ねえ。七条くんは、私の後見人なのよね」

もはやいつもの無表情で、水瀬にじっと見つめられる。もうすぐ辞めるつもりだ、という言葉は胸にしまって、目を逸《そ》らしながら答えた。

「うん。一応な、名前だけな。書類上な」

「後見人って、能力者としての私の保護者のようなものと聞いたわ」

「何かあった時の保証人でもあるしな。お願いだから今はまだ問題起こさないでくれよ」

兄に代わってもらったあとはどうぞ好きにしてほしい。自慢になるが、我が兄は大体のことはなんとかしてくれるのだ。

「七条くん、ずっと何もしないじゃない」

「ぐっ」

痛い所をつかれた。やっぱり俺は、無責任で他人《ひと》任せで不誠実なのか。だが、一時的に名前をサクッと貸しただけなのだ。元々何をする気もなかったのだ。許してください。

「七条くんのお父様は、あなたになんでも頼りなさいと仰《おっしゃ》っていたわ」

「だからちゃんと先生紹介するって……」

「他人任せね。軽蔑するレベルの」

「ひぃん」

自己嫌悪にクリティカルヒットだ。しかも、水瀬の綺麗《きれい》な顔の表情が一切動かないのが余計に堪《こた》える。

「い、一応、困った時の相談ぐらいは、のるから……」

そう伝えると、水瀬はふいと俺から顔を背けた。長い髪に隠れて表情が見えなくなる。

その奥で小さく掠《かす》れた声が、「……学校で話しかけるなって、あなたが言ったんじゃない」

と言った。なんのことだかわからず聞き返そうとしたが、水瀬はすぐにこちらに向き直って、冷たい無表情に戻ってしまった。なのに目線だけは俺から外したまま、淡々と話しだす。

「別に、いいわ。今のところ、七条くんが何もしてくれなくても問題はなさそうだし」

「そうハッキリ言われても堪える」

「面倒ね」

泣くぞ。

いきなり、水瀬が俺の顔の前にずいっと何かを差し出してきた。水瀬の手の中にあったのは、ケースもストラップも付いていない携帯電話だった。

「ま、まあ？　七条くんがそんなに言うなら、連絡先ぐらい交換しておいた方が、いいかもしれないわね？」

こちらから完全に顔を背けて、水瀬がぐいぐいと携帯を押し付けてくる。携帯ごと渡されても、中身が見えないとなにもできないのだが。

自分の携帯でメッセージアプリを開いて、画面を水瀬に向ける。水瀬はぎこちなく携帯を操作していたが、しばらくしてやっと一言、メッセージが送られてきた。

「水瀬、なんでアイコンの写真設定してないの？」

「不要だもの」

「ええ……」

どちらかといえば必要な機能だろうと、少し水瀬が心配になる。初期設定のままの味気ないアカウントに「よろしく」とだけ送り返して、ポケットに携帯をしまった。

「じゃあ、婆さん呼んどくから。あんまり遅くならないで帰れよ」

「あら、七条くんはもう帰るの？」

「俺眠いの」

もう眠気の我慢の限界だった。早く帰って寝たい。本当なら今頃布団で気持ちよく寝ていたのに。

「無責任ね」

水瀬は、明るいままの携帯画面を胸に当てて、つんとそっぽを向いた。

帰宅後は泥のように眠り、ふと目が覚めたのは、もう日が落ちた頃だった。

時計を見ると七時過ぎ。

夕飯に間に合うだろうか。お腹《なか》はすいているので、間に合わなかったら困るな、と思って部屋を出た。

居間に行くと、まっさらな食卓と、むすっとした表情の妹しかいなかった。

「あぁ、夕飯もう終わっちゃったか？　台所にまだ残ってるかな……」

「ううん。ご飯まだだよ。外でなんか出たから、お父さんもお姉ちゃんもお仕事に行っちゃった。孝兄《たかにい》は、しばらく帰れないかもって」

「そうか。じゃあ、兄ちゃんとご飯食べよう」

妹はまだむすっとしていたが、仕方がないと言うように、大袈裟《おおげさ》なほどゆっくりこちらに目線をやって。

「和兄《かずにい》が寂しいなら、一緒に食べてあげる」

「うん、頼むよ」

夕方までいてくれたお手伝いさんが作り置いてくれていた夕飯は、焼き魚だった。父と姉の分の皿もラップがかけられて台所に置いてあったので、どうやら本当に急に仕事へ向かったらしい。

焼肉食べたいな、などと思いながら箸を進めていると。

「和兄、このあとオセロやろうよ」

「いいぞー」

妹とは最近あまり一緒に遊ばなくなったが、家に父たちがいなくて不安なのかもしれない。なんと久しぶりに妹の方から遊びに誘ってきた。

任せろ、兄の全力オセロを見せてやる。

「あ、でも和兄オセロ弱くてつまんない」

そういえば、妹が小学生になったあたりから、どの遊びでも俺が一度も勝てなくなったために遊んでくれなくなったのだった。

「まあ、今日はいっか。和兄、私先お風呂入ってきていい？」

「いいぞー」

妹を待つ間、台所を物色する。

お腹がすいたのだ。ついさっき夕飯を食べたのに、もうお腹がすいたのだ。魚はもう少し腹に溜《た》まるよう進化してくれ。

冷蔵庫を開ければ、ラップがされたおにぎりが三つあった。お手伝いの昭恵《あきえ》さんの字で、「和臣《かずおみ》くんへ」とメモが貼られている。さすが昭恵さん、全てを見通している。

一人、台所の小さな椅子とテーブルでおにぎりを食べていると、ポケットに入れていた携帯が震えた。画面に映ったのは、初期設定のアイコン。昼間に別れた水瀬からだった。

「はいもしもしー、七条ですけど」

「七条くん！　どうしよう、ここがどこかわからないの!!」

いきなりの大声は、やけに焦った声音だった。

「水瀬？　一回落ち着け。どうした、迷子か？」

なら警察を呼んだ方がいい。水瀬は引っ越してきたばかりだからまだ道が分からないのだろう。もう夜だし、昼間とは景色が変わって見えて迷子になることは不思議ではない。

「い、家の前の角を曲がっても家に着かないのよ！」

「道を間違えたんじゃないか？」

「いいえ、何度も確認したもの。でも、お婆《ばあ》ちゃんのところに戻ろうとしても戻れないのよ。ここはどこ？　今までこんなことなかったわ！」

迷子は不安になる。それはよく分かるのだが、もう少し落ち着いて話してもらわないことには、俺もどうしようもなかった。

「水瀬、落ち着けって。周りに人は？」

「いないわ。さっきから、一人もいないのよ」

「何か店とか、目印になるものは？」

「景色はいつも通りなのよ。でも、私のアパートだけがないの」

「うーん。落ち着いてもう一回周り見てみろ。本当にいつも通りか？」

似たような道に入っている可能性もある。今どき携帯もあるのだし、落ち着いてよく確認すれば大体はなんとかなるはずだ。

「ええ……。どこもいつも通りよ。おかしいところなんて……あっ。月、月がないわ。さっきまで見えていたのに」

「え？」

今夜は晴れている。それに、新月の日でもない。こちらにいる限り、それはどこにいても揺るがないはずだった。

「雲もないのに月がないのよ。でも、やけに明るいし」

「水瀬、今から絶対口を開くなよ。携帯持って動くな。今から行くから、何があっても声を出すんじゃないぞ。いいな？」

「急に、何よ……でも、わかったわ」

その声が、小さく震えていた。急がなければと思った。

「じゃあ、電話切るからな。すぐ行くから、声出すなよ」

短い返事を聞いてから通話を切った。携帯をポケットへ突っ込み、急いで玄関へ向かう。靴を履いたところで、むすっとした妹が、風呂上がりの濡《ぬ》れた髪も拭かないままやって来た。

「和兄、どこ行くの」

「悪い、水瀬が。急いで行かないと」

「……あっそ。気をつけてね」

つまらなそうに下を向いた妹の頭をぐしゃぐしゃに撫《な》でた。いつもなら怒られるはずが、今日は下を向いたままで特に何も言われなかった。

「急いで帰るから！　ちゃんと髪拭いとけよ、風邪引くぞ！」

「わかってるもん！」

走った。そのままドアが閉まりかけていた最終バスに飛び乗って、父へ電話をかける。マナー違反だが、俺以外に誰も乗客はいないので大目に見て欲しい。

「もしもし、父さん？　出たって、どこで、何が出たんだ？」

「和臣、どうしたんだ急に。何かあったのか？」

父の困ったような声を無視して。

「いいから！　どこで何が出たんだ!?」

「出たのは――」

父の言葉に、さあ、と血の気が引いた。

「場所はまだはっきりしないが、夕方孝臣《たかおみ》のところの一人が役所の方で見つけたらしい」

「学校だ！　近くで水瀬が巻き込まれてる！」

焦る気持ちで、怒鳴るようにそう言った。電話から、父のさらに困惑したような声が聞こえる。

「兄貴呼んでくれ！」

父の言葉も聞かずに、電話を勢いのままに切って、停留所に停《と》まったバスから飛び出すように降りた。

こんなことならもう少し準備してくれればよかった。そう後悔しても今更遅いが、嫌な汗は止まらない。

ぐっと唇を嚙《か》みながら、携帯を握りしめて水瀬の家に走った。

角を曲がって、ひらけた視界の先にはこの前と同様、水瀬の住むアパートがあった。あたりを見回しても、水瀬はいない。

どこかでなにかを見落としている。どこかに違和感があるはずだ。

先ほどの電話で、水瀬は月がなくなったと言った。しかしこの世界で、そんなことはあり得ない。だから、水瀬はここにはいない。まるで同じに見えても、俺たちがいる〝今ここ〟とは別の場所へと迷い込んだのだろう。今回の相手は、そういうことをする奴だ。

もう一度、あたりを見回して違和感を探した。

境目が、あるはずなのだ。

俺たちがいる〝今ここ〟と、水瀬が迷い込んでしまった場所との境界が。別世界の入り口が。

夜空には、あせる俺を嘲笑《あざわら》うように、爛々《らんらん》と満月が輝いていた。

「あ」

きらり、と。目を射す光があった。

オレンジのカーブミラーの支柱から向かいの塀に、月明かりを反射する細い糸がかかっていた。

ここではないどこかとの、意図的に張られた境目。人を拐《かどわ》かすためだけに張られた糸を、躊躇《ためら》うことなく潜《くぐ》り抜けた。

糸の向こうは、何もおかしな場所など見当たらない、いつも通りの景色だった。しかし、振り返って見れば先ほどのカーブミラーが道の反対側に、鏡の向きも左右反転して立っていた。よく見れば並んだ家の表札の文字も左右が反転している。そして、空を見上げれば月がない。やはりここは、先ほどまでとは別の場所だ。

慎重に、ゆっくりと足を進めた。突き当たりの角を曲がって、思わずほっと胸を撫で下ろす。

「大丈夫か？」

「七条くん！」

道路の端に座り込み、膝を抱えていた水瀬がぱっと顔をあげた。無表情の中で少しだけ、形の良《い》い眉が寄っていた。

「うん。いいか、今から絶対に名前を言うな。できれば楽しいことを考えて、声も出すな」

「ねぇ、ここはどこなの？　どうして私の家だけがないのよ」

「後で教えるから、今は黙っててくれ」

水瀬を立ち上がらせて、変に静まり返っているあたりを見回す。

考えなしに、丸腰でこんなところに入ってしまったのは失敗だったかもしれない。ここから見える景色は、全て作り物だ。全て、俺たちがいた場所を真似《まね》ただけのもの。でも、俺たちのことがわからないから、俺たちがどうやって世界を見ているのか知らないから、ボロが出る。左右が違うのはそのせいだ。そしてここは実際、見えているほど広い空間ではないはずだ。しかし、月がないせいで、潜ってきた糸が見つからない。

兄が来れば何とかしてくれるのだろうが、出られるのならこんな粗末な異空間からは、早く出てしまいたかった。

「あらぁ？　こんな時間にどうしたの？」

突然だった。

いつの間にか背後にいた、スーツを着た若い女性。

咄嗟《とっさ》に水瀬を背中に隠して、軽く両足を開いた。

女性はにっこり笑って、優しい声音で言う。

「ダメじゃない、子供がこんな時間に。お姉さんと交番行こうか」

「いえ、これから帰るところなので」

「だめよ。危ないから、お姉さんが送ってあげるわ」

「俺はつよいので大丈夫です」

女性は、にっこりと、全く変わらない笑顔のまま。

「あなた、お名前はなんて言うの？」

「名乗るほどでもないです」

「そっちの女の子はガールフレンド？」

変化のない笑顔が水瀬に向けられた。水瀬の背に隠したまま、俺も笑顔を作って答えた。

「いや、友達ですよ」

「ねえ、あなた名前は？」

俺に見向きもしなくなった女性に、ずっと笑顔を向けられている水瀬の指先が、俺の服を摑《つか》んでビクッと震えた。少しだけ、強《こわ》ばってしまった水瀬の体を引き寄せる。

「すいません、この子人見知りで」

「あらあら、かわいいわね」

スーツ姿の女性は、ずっと笑ったまま去っていった。

その姿が見えなくなるまで目を離さずに、しかし見えなくなればすぐに水瀬の腕を引っ張って、早足で歩き出す。

ここで立ち止まっているのはまずい。今ので完全に、俺たちの居場所がバレた。早くここから動かなければ。

「君達、何してるんだ！」

自転車に乗ったお巡りさんが声をかけてきた。

「君達、名前は？　家の連絡先を言いなさい！」

「今から帰るので」

構わず進む。追いかけてきた警官が怒鳴り声を上げた。びくり、と水瀬が身を縮める。

「名前と連絡先を言いなさい！」

「本当に帰るので！」

水瀬の、思っていたよりずっと細かった腕を引っ張り走った。

途中、その腕のスピードが急にぐんっとあがった。水瀬は、前を走っていたはずの俺の横に並んで、そのまま俺のスピードに合わせて走っていた。

もしかしなくても、水瀬の方が足が速い。

地味にへこんだ。

「ああ、そこの君達。助けてくれんか」

杖《つえ》をついたおじいさんが、横から声をかけてきた。

「急いでるので！」

「なんて子らじゃ。名前を教えなさい！」

ただひたすら、前を見て走った。

「おい、待てやごらぁ！」

後ろから、野太い男の声がする。

「ねえ、ちょっと寄っていかない？」

今度は、色っぽい女の声が。もう、声だけがする。

「うわぁーん、痛いよー。お母さーーん」

小さな、子供の声がした。

水瀬があまりにも自然に立ち止まり、振り返ろうとして。

「見るな！　目閉じてろ！」

水瀬の方へ顔を向け大声を出した俺を見て、驚いたように息を詰めた水瀬は。

「七条くん！　前！」

「っバカ!!」

『みぃつけた』

後ろから、いきなり。真っ白な女の手に、異常な力で肩を掴まれた。

咄嗟に水瀬を突き飛ばし、距離をとる。

『しち、シ、しチじょ？　しちシちしち、しちじょゥ……。七条!!!!』

俺の肩を掴んだ女は狂ったように叫び、細い首をキリキリと回す。

人間ではありえないほど首がねじれ、女の顔がもう一度こちらを向いた。一瞬の静寂の後、ぐきりと女の首が折れた。

『七条、みぃつけた』

折れた首のままニタリと不気味なまでに口角を上げて笑った女は、みちみちと肉を裂く嫌な音とともに姿を変えた。

内側から膨らんだ胴体により、伸び切った衣服と皮膚が突き破られ、そこから六本の毛深い黒い脚が飛び出す。

その異様な様子からは決して目を離さず、先ほど突き飛ばした、道の端で震えている水瀬に向かって叫んだ。

「いいか、黙ってろよ！　俺は大丈夫だから、携帯持って動くなよ！」

水瀬は尻餅をついて、こちらを見ながら顔を真っ青にして震えていた。

とうとう、俺の肩を掴む真っ白い女の手すらも、人の手の形を保てず崩れていく。

毛の生えた、節のある黒い脚に。

『七条七条七条七条七条七条七条!!!!』

通常なら苗字《みょうじ》ぐらい知られたところでどうということはないが、今回は相手が悪い。

それに今、俺は全くなんの準備もない丸腰。つまり、コイツにとって格好のカモだ。

「兄貴ーーー！！！　いたぞーー!!」

背後に向かって大声で叫んだ。

一瞬だけ、化け物の動きが止まる。

その一瞬で、今にも俺の肩を貫こうとしていた毛深い脚に向かって、ぴんと指を伸ばした手刀を振り下ろした。引き絞られるように、人差し指の根元に痛みが走る。月明かりのない今、指の先で何が起きたのか、俺自身でさえよく見えなかった。

『ぎいぃぃいいイイ!!』

耳に痛い絶叫。鋭利な切り口と共に切り落とされた毛深い脚は、黒い煙を上げながら地に落ちた。その後に続くのは、憎悪を煮詰めた濁った音。

『七条ぉぉおおお!!』

もはや女の声ではない叫び声をあげ、残りの七本脚で化け物は向かってくる。

このあたりで兄が助けに来てくれるのが理想だったが、助けはこない。ここへの入り口を見つけるのに手間取っているのかもしれなかった。

もう一度道路脇に目をやると、水瀬はもう可哀想《かわいそう》なぐらい震えて、目に涙をためていた。あんなに強気な水瀬がここまで怯《おび》えるのを見て、なんだか無性に腹が立ってきた。たった一人で、人のためにがむしゃらに妖怪退治をしてきた女の子にこんな顔をさせるなんて、世の中あんまりじゃないか。

水瀬だって妖怪なんて見えなければ、ずっとひとりぼっちだなんて勘違いすることもなく、普通に過ごせたはずなのに。普通に、過ごしたかったはずなのに。

こんなの、可哀想じゃないか。

『七条、七条、七条！　おまエ、術シャかぁァァああ！』

化け物は七本の脚をガサガサと動かしながら、久しぶりに俺へ向けられた言葉を叫んだ。

しかし。

『じゃァ、女からタベヨ』

急にくるりと方向を変えて、道の端で座り込んでいる水瀬に向かって、圧倒的な質量と、暴力的な速度をもって動き出した。

「【律糸《りっし》】」

張り上げるでも叫ぶでもなく、ひどく淡々と上がった俺の声に、びたっと化け物の動きが止まる。いや、強制的に、止められる。

化け物の奥に見える水瀬はもう、泣いていた。

『七条っ!!!!』

「はーあーいー。俺が七条ですよー」

化け物はぎぎぎ、とぎこちなく頭をこちらに向け、たくさんの真っ赤な瞳でこちらを見る。

そして、もう人のものではないその口を、しかし確かに、にたぁっと持ち上げた。

『七条、返ジ、しタァ』

ぶちんっ、と。糸が切れる音がして、化け物がこちらに向かってきた。

両足を軽くひろげる。右手の人差し指と中指を立て、親指は第一関節を曲げつつしっかりと立て、印を結んだ。自然に肺が広がるよう、すぅ、と息を吸って。

「相手してやるよ。バカ蜘蛛《ぐも》」

笑顔で、土蜘蛛《化けもの》相手に言い切った。

目の前の妖怪、土蜘蛛は、七本になった脚をガサガサと動かしてこちらに向かってくる。

先ほどとは比較にならないスピードとパワー。

生き物離れした、まるで自動車にも似た圧倒的な力が、ブレーキなしに突っ込んでくる。

なぜここで急に、土蜘蛛は泣いて尻餅をついている水瀬ではなく、堂々と戦う意志を見せている俺を狙ったのか。理由は簡単だ。

奴が俺の名前を呼び、それに俺が返事をした。

それによって俺たちには、繋がりができてしまった。

本来、妖怪に苗字程度を知られても問題はないはずだが、相手が強い力を持っている場合、苗字だけでもしっかりこちらとあちらの者同士が繋《つな》がってしまうことがあるのだ。

『七条、たベョ?』

「【律糸】」

ギチギチと、縛り付けられるような音を立てて土蜘蛛が止まる。

しかし、すぐにぶちんっと張った何かが切れる音とともに、ヤツは動き始めた。さらに確実に強くなっている。俺と繋がってしまった今、奴はより強くこちらに踏み込むことができるようになったのだ。名前を知られてしまえば、その妖怪を倒すことが一段階難しくなる。

「うーん。やっぱり蜘蛛に糸って不利か？」

それでも、俺が余裕を失うことはない。焦りや怯えも、妖怪を強くするものだからだ。

『ぎぃぎぃ！　七条、よわイ弱い！　食べるかラナ！』

「弱くないし。【切糸《せっし》】」

美しいとも思える断面を見せながら、土蜘蛛の脚が宙に舞う。

ただ、想定外だったのは。今ので胴体から真っ二つになっているはずだった土蜘蛛が、残りの五本の脚をばたつかせ、のたうち回っていた事だ。

『あぁぁあああしぃぃいい‼』

これは本当にまずいのかもしれない。

土蜘蛛の、総能が付けた危険度はB。

これは、一般的な実力の術者が五人で対処することを推奨するランクだ。

『ころスコろすコロす殺す！』

「そんな簡単に殺されるかよ。【禁糸《きんし》】！」

ビタ、と土蜘蛛の動きが止まる。

「お、これは効くのか」

金属が擦《こす》れるような高い音がして、土蜘蛛の脚にびっしりと生えた毛が不気味に動く。

次の瞬間、ばちんっと、鼓膜を打つ音がした。

『効かナいイイいい！』

「やっぱり糸はだめかー」

向かってくる土蜘蛛を、己の左足を軸にぐりんと体を回すことで躱《かわ》した。まるで闘牛のように、勢いを殺せなかった土蜘蛛はまっすぐに俺の横を駆け抜ける。自然と距離ができた隙に、座り込んだ水瀬の前へと立った。土蜘蛛がこちらへと向き直る間に、俺ももう一度印を結んだ手を上げようとして。

「痛《い》って」

先ほどは躱したと思ったが、土蜘蛛の脚が腕をかすっていたらしい。

右腕のシャツが引き裂かれ、その下の皮膚からは血が溢《あふ》れていた。それなりに深く裂けたのか、一瞬のうちにシャツは赤く染まり、指先にまで血が伝った。遅れて痛みもやってくる。しかし、そんなことより。

「えー、制服だめにしちゃったよ」

テンションは最悪。丸腰は丸腰でも、せめて制服から着替えておけば良かった。

『殺す』

やっと方向転換を終えこちらを向いた土蜘蛛は、一言だけはっきりと口にした。そして瞬《まばた》きの間に、なんの予備動作もなく、口から糸を吐き出していた。糸と言うには硬すぎて、もはや鋼の棒のようなそれ。一本でも十分人を貫けるような鋼の糸が、何百と同時に向かってくる。しかし、避けるつもりはなかった。

「【三壁《さんぺき》・守護《しゅご》】」

目の前に、三角形の壁が現れる。

がぎゃぎゃぎゃ、と硬く不快な音を立てて鋼じみた糸が止まった。俺の前にある三角の壁は、当然傷一つない。

『――――!!』

糸を吐き切ったのか、もはや声にならない声を上げて、土蜘蛛が高く飛び上がる。そのままその圧倒的な質量を武器に、重力を味方に、俺の上へと降ってくる。

「【滅糸《めっし》の一《いち》・鬼怒糸《きぬいと》】!」

俺の、真っ白な糸が一瞬で土蜘蛛を包んだ。右手に繫がった糸を腕ごと引けば、土蜘蛛を包んだ糸は何か硬いものを潰すような音を立てて引き絞られていく。糸を引く俺の指にも、鋭利な痛みが走る。

そして、土蜘蛛を包む白い糸の球体は、元のサイズより二回りほど小さくなった。白い糸の一本がハラリと球体からほどけ落ちた。それに続くように、何本も何本も糸がほどけていく。全てがほどけた時には、何も残っていなかった。

この粗末な異空間を作った土蜘蛛が消え、ここへの入り口だった糸が切れた。

それによって、景色が歪《ゆが》む。場所が移る。

右が左に、左が右に。俺たちがいるべき、今ここへ。

月のなかった空には、まん丸な月が浮かぶ。

「はー、終わった終わった！」

怪我《けが》をしていない方の肩を回し、血が伝う右手をポケットに入れて後ろを振り返る。すると、先ほどまで震えて座り込んでいたはずの水瀬に、勢いよく札を投げられた。

「え？」

チッ、と頬を掠《かす》めた札は、背後で消えずに残って俺の首を狙っていた黒い一本の脚に貼り付き、脚は煙を上げて消えた。

ぶわっと全身から冷や汗が出る。

油断した。舐《な》めていた。だからこそ、今のは命が危なかった。

「……七条くん」

「は、はい」

初めて聞く水瀬の低い声に思わず肩が跳ねる。

「助けてくれてありがとう。心からお礼を言わせてもらうわ。でも、一つだけ言いたいことがあるの」

「な、なんでしょう？」

水瀬はすっくと立ち上がって、強い瞳で俺を睨《にら》んだ。

「あなた、さっき私を可哀想だと思ったでしょう。確かに、私だってあんなの見えない方がいいわ。戦いたい訳でもない。でも、」

水瀬はもう、泣いていなかった。

「視《み》えてしまうのなら仕方ないわ！　変な子でも不気味でも、普通の子になってと泣かれても！　これが私よ！　みんなの普通にはなれないの！　それでも一生生きていくんだから、私の普通を憐《あわ》れまれるのは不愉快よ！」

そう言いきった水瀬は、この満月の夜に光るように、必死で強《したた》かで、そしてとても綺麗《きれい》だった。

月の光に照らされて、滑らかな白い頬に銀の涙のあとがきらめいている。荒い息づかいの中の熱が、目にみえるようだった。その中で俺を睨む目元がまだ少し赤いことだけが、こんなにも俺の心を貫く言葉をくれたこの人が、傷ついたただの女の子であることを忘れさせない。

ああ、と。心から。この人の未来に、一片の影もなければいいと。光るようなこの人が、曇ることがないようにと。

「……悪かった。水瀬」

「な、なによ。そこは、せっかく守ってやったのにって、怒るところじゃないかしら？　私も、生意気で失礼なことを言った自覚はあるわ」

急に言葉の勢いをなくした水瀬は、明後日《あさって》の方向に向かってそう言った。そんな水瀬の顔を無理やりのぞき込むように距離を詰めて、その手を取った。細く白い手が、石のように硬く強張《こわば》る。

「水瀬さ、術者としての才能あるよ。もし、できるなら……俺に、水瀬の普通の、手伝いをさせてくれ」

「ど、どういうこと、かしら」

そう言うと水瀬は、握られた手と俺の顔を何度も何度も見ては口を開け閉めして、大きな目をこぼれそうなほどに丸くしている。

そんな水瀬にとある言葉を伝えようとして、柄にもなく緊張し、思わず左手に力が入った。それに驚いたのか水瀬が俺の目を見たまま固まり、じっと見つめ合う。時間が止まったかのような錯覚。

「水瀬、俺を」

「君達、何してるんだ!!」

背後からの大声。振り向けば、黒い和服姿の男数人が走って来る。和服の胸元には「七」という数字の白い染め抜きがある。

とんだ邪魔に、盛大なため息と共に水瀬の手を離せば、水瀬は油を差していない機械のような動きでその手を胸に抱えるようにして、下を向いてしまった。わかる、タイミングってものがあるよな。

「君たち、早く家に帰りなさい。夜は危ないんだぞ、お家《うち》の人には連絡してあるのかい？」

黒い着物を着たうちの一人がそう言ったのを聞いて、水瀬が弾《はじ》かれたように顔を上げてまたスカートのポケットに手をやった。今にも男に向かって札を投げそうな水瀬を、片手で制した。安心していい、この人たちは妖怪ではなく、正真正銘の人間だ。

「あの、土蜘蛛はもう倒したので。帰ってもらって大丈夫です」

「は？」

どこかピリついた様子の男たちは、さらに表情を硬くした。隣にいる水瀬も、俺が人間相手に妖怪のことなど気軽に話し出したからかドン引きの様子である。誤解だ。

「第七隊の人ですよね。土蜘蛛はさっき倒したんで、ご心配なく」

「き、君は能力者か。だったらそんな冗談言ってる場合じゃないと分かるだろ。土蜘蛛って言ったら危険度Bだぞ！　絶対に近寄るなと言われているだろう！」

慌てたように男の人が俺を窘《たしな》める。悲しいほど俺の言葉を信じてくれない。

「だからですね、土蜘蛛はさっき」

「それに、そっちの子が持っているのは使える札だね？　免許無しでの術の行使は罰則規定違反だ。二人とも名前を聞こう」

すぐに落ち着きを取り戻し厳しい顔になった男の人に、面倒なことになったとげんなりしながら、財布の中で随分と埃《ほこり》を被《かぶ》った免許を見せた。もちろん、普通自動車免許ではない。

「は？　免許？　なんだ、こんな日に術者ごっこか……って、特免《とくめん》!?　十六歳って……ええ!?」

なんとなく分かっていた反応だが、面倒なのは変わらないのでさっさと終わらせたかった。俺は、水瀬と早く話の続きがしたいのだ。

「七条孝臣の弟です。こっちの子は俺の弟子です」

「ちょっと、私がいつ弟子入りしたのよ」

水瀬の不満そうな声が上がる。さらっと流してはくれなかったようだ。

「ほら俺、一応水瀬の後見人だからさ」

「だからって弟子なんて聞いてないわ」

「なあ、この話後にしない？　おじさんたち困ってるから」

ふと目を向ければ、和服のおじさんは辛《つら》そうに手で顔を覆っていた。しかしすぐに、諦めたような笑顔を張り付け「まだ、お兄さんだよ……」と呟《つぶや》いた。

「しかし、君が隊長の弟さんか。そうか、それなら分からないこともない」

おじさん、もといお兄さんが納得したように、舐めるように俺の全身を見まわしたとき。

「和臣ーーー!!!」

ドタバタと、お兄さんと同じ黒い和服を着た大勢の人達が走ってくる。その先頭で、俺の名前を叫んでいる背の高い男。我が兄である。なぜかめちゃくちゃ怒っている。

「お前が、学校って言うからな!! 俺は学校の立ち入り許可まで取って探したのに! お前、お前ここかよ!」

「兄貴遅すぎ。もう倒したよ」

「頼むから話を聞け!!」

兄の説教は長くなりそうだったが、右腕の怪我が見つかって強制終了となった。

それから、出血の割にたいしたことのなかった怪我の手当てを受けて家路につく。

隣を歩く水瀬は、今日はウチに泊まることになった。水瀬はもう涙の跡も見えず、いつも通りの無表情だったが、さすがにさっきの今で、はいさようなら、とはいかなかった。

もう最終バスが行ってしまったので、黙って家までの長い坂道を上る途中。緊張を振り払おうと、大きく深呼吸してから足を止めた。そんな俺に気がついて、遅れて立ち止まった水瀬を、坂の下から見上げて。

「水瀬、さっきも言ったけどさ。術者の……妖怪退治の、才能あるよ」

水瀬は、なんだか気まずそうに目線を落とした。

「……最後のお札は、七条くんが書いたから効いたんだと思ったけれど」

「え、うん。そりゃそうだろ。水瀬のあの札じゃ、土蜘蛛《つちぐも》なんて脚だけでも消せるわけないし」

水瀬は海を泳ぐ地底人を見るような目で俺を見た。

「いやいや、そんなのは習ってないんだから当たり前だって。むしろ、俺が書いた札使えただけで十分すごいっていうか……あれ、そういやよく使えたな。結構難しいの書いたはずなのに」

「それが、私の才能？」

水瀬の言葉に、思わずふ、と鼻から笑いがもれた。それを聞いた水瀬が不機嫌そうに眉を寄せる。申し訳ない、バカにした訳ではないのだ。ただ、少し昔のことを思い出しただけだ。

「そう言う人もいるだろうけどさ。術より札より、もっと大事なことだ。この前言っただろ？」

まだ眉を顰《ひそ》めたままの水瀬に向かって、とんと自分の胸を指さした。

「ビビったら負け。水瀬、腰抜かしてたのに最後は自分で立ち上がって、ちゃんと勝ったんだ。あれ、相当すごいぜ」

恐怖というのは厄介だ。特に、一度「怖い」と思ってしまえば、一瞬で思考はそれに支配される。そうすれば妖怪は強くなる。自分は動けなくなる。一度始まった負のループを断つのは、たとえどんな実力者でも難しい。

それを、なにも知らない水瀬はやってのけた。これが才でなくて、なんだというのだ。

「あ、あれは、七条くんに腹が立っただけよ」

「十分だよ」

水瀬は、急に俺から顔を背けてしまった。しかし、そのおかげで俺も緊張せずに、やっとあの時の続きを言える。

「だから、水瀬がこっちの道を進むんだったら。……俺を、水瀬の師匠にしてくれ！」

ぱん、と両手を合わせて頼み込んだ。しばらくすると水瀬のあきれたような声が、頭上に降ってくる。

「……普通は、弟子入りを頼むものじゃないのかしら？」

「そこは触れないでくれ」

思わず明後日の方を見て答えた。しばらくしても水瀬が何も言わないので、恐る恐る目線を戻せば。

ふわりと、綻ぶように。柔らかに、輝くように。あの水瀬が、笑っていた。

「……ふふ、でも私、七条くんがどんな人なのか、よく知らないのよね。学校で、あまり話してくれないから」

「あーー。それは、その、」

過去の自分が首を絞めてくる。どうしたものかとうんうん唸《うな》っていると。

「ふふ！　いいわ！　七条和臣くん、私を、あなたの弟子にしてあげる！」

そう言って。いたずらっぽく笑顔を歪《ゆが》めた水瀬は、坂の上から俺に手を差し出した。白く細い腕が、まるで天から下ろされた美しい糸のように、月明かりに光る。

初めて見る水瀬の子供のような表情が、とても眩《まばゆ》くて。俺は眩《くら》んだ目で、その手を取った。

第三章　名ばかりの君

無表情に戻ってしまった水瀬《みなせ》を連れて我が家に帰れば、玄関に鬼の形相の姉と妹が待っていた。新弟子の前だというのに、冷や汗が止まらない。

「あ、た、ただいまー」

「ただいまじゃないっ！」

怒鳴った姉は途端に冷め切った表情で腕を組んで、俺を睨《にら》みつける。

「和臣《かずおみ》、あんた一回そこに座りな」

「え？　でも、ここ、玄関……」

「和兄《かずにい》、座って」

「はい」

妹にまで冷たく言われたので、大人しく冷たい玄関に座る。もちろん正座だ。背後に立っていた水瀬が、言いにくそうに声を上げた。

「あの、お邪魔します」

「ああ、葉月《はづき》ちゃん。いらっしゃい。兄さんから連絡はもらってるわ。お風呂沸いてるから、入っていいわよ。着替えは私のやつで我慢してね。場所は、昭恵《あきえ》さんに聞いてもらえる？」

「はい、ありがとうございます」

夕方に帰ったはずの昭恵さんがなぜここにいるのかもわからないまま、葉月は昭恵さんと奥へ行ってしまった。ただの一度もこちらを振り返ることなく。

早々に弟子に見捨てられた。泣いていいか。

「和臣、あんた自分が何したのかわかってるの？」

頭上の姉に、冷たい声で問いかけられた。

「ええっと……？　じ、自分がしたことと言いますと……？」

「お姉ちゃん、和兄にわかるわけないじゃゃん」

今のはとても堪《こた》えた。妹は完全に姉の味方だ。ちなみにいつも通りである。

「あんた、なにも持たずに飛び出したんだって？　それで、丸腰で土蜘蛛退治？　馬鹿なことしてんじゃないわよ」

姉は腕を組んだまま、正座した俺を睨む。というか見下す。

「あんた、一体何年、術使ってないのよ。それが急に、土蜘蛛？　はっ、笑わせないで」

笑わせるつもりはなかったんです。

「しかも、怪我《けが》したんだって？　油断してんじゃないわよ。馬鹿も過ぎると笑えないね」

笑ってくれないんですね。

「世の中そんなに甘くない。もっと考えて動きな」

冷たく言い切った後、姉はこちらにべしっと何かを投げつけて自分の部屋に帰っていった。

傷心の中、立ち上がろうとすると。

「和兄、私も話があるんだけど」

妹も腕を組んで俺を見下ろしていた。

姉より迫力はないが、心の痛みは大きい。六つも下の妹なのに。

「和兄、怪我、痛かった？」

「いや、そこまででもなかったです」

「あっそ。それ、静香《しずか》お姉ちゃんが作ったお札。痛み止めだって」

さっき姉に投げつけられたものをよく見てみれば、布でできた札だった。

「静香お姉ちゃん、お家《うち》に帰ってきてからずっと怒ってたよ。昭恵さんは、和兄が心配だから泊まってくれるんだって」

「そうか」

「それから！」

「はい」

長引きそうな話に真面目に返事をしただけなのに、妹の目が吊《つ》り上がった。

こういう顔は本当に姉に似ていると思う。

「遅い！　はやく帰るって言った！」

見れば妹は唇を噛《か》んで、涙が零《こぼ》れないよう上を向いて必死に我慢していた。

「ごめん。怖かったか？」

「全然！　昭恵さんも、お姉ちゃんも帰ってきたし！」

立ち上がって、妹の熱い頭を撫《な》でた。

「待っててくれてありがとう。清香《きよか》はもうお姉さんになったんだな」

「……まだ立っていいって言ってないし」

妹が下を向くと、ぱたぱたと雫《しずく》が落ちた。

それを見なかったことにして。

「清香、もう寝よう。俺も風呂入って寝るから」

「……」

ずび、と鼻を啜《すす》った妹が、俺を睨んでいます、とアピールするように顔を上げた。

「明日、朝眠かったら和兄のせいだからねっ！」

そう言い残すとだっと走って行ってしまった。

後から居間に行ってみると、もう風呂から出ていた水瀬と昭恵さんだけがいた。少し湿った髪を一つにまとめた水瀬は、ゆったりとした薄いピンク色のパジャマを着ていた。

「和臣くん、おかえり。はやくお風呂入っちゃおうね。お洋服は、洗ってみるから置いておいてね」

「うん。昭恵さん、ありがとう。あとは大丈夫だから、もう休んでて」

「あらぁ、急にかっこよくなっちゃって。そうよね、おばさん邪魔よね。それでも、今日はもう遅いから早く寝てね」

明らかに何か勘違いしている昭恵さんは、ニコニコ笑ってさっさと部屋を出て行ってしまった。あとでどうやって弁解しよう、とこめかみを押さえた。座ったままの水瀬に目線を移す。

「水瀬も、今日はもう寝るか？」

「いいえ、少し……説明をして欲しいの」

水瀬はやっぱり無表情でそう言った。もう、あの坂道での笑顔の名残は微塵《みじん》もない。表情筋が硬めなのかもしれない。

「ん。じゃあ俺風呂入ってくるから、少し待っててくれ」

水瀬の返事も待たず、脱衣所へと足を向けた。急いでシャワーを浴びて、腕の怪我に貼られた大きな絆創膏《ばんそうこう》の上に姉から貰《もら》った札を巻けば、ジンジンと熱を持っていた痛みが引いた。黒のジャージに袖を通し、濡《ぬ》れた髪を拭きながら居間に戻る。

「悪い、水瀬。待たせたな」

「……お風呂、早すぎないかしら？　もっとゆっくり入っていいのに」

「平気。それより、説明だろ？　なにから話す？」

タオルを首にかけて、水瀬の目の前に腰を下ろした。

「じゃあ、まず一つ、聞いてもいいかしら。今日見たあの妖怪、あれは何なの？」

「あれは土蜘蛛《つちぐも》。総能《そうのう》がつけてる危険度はBで、一般的な術者五人での対処を推奨してる。妖怪の中でも結構強い方だな」

ちなみに俺との相性も悪かった。もう会いたくない。

「そ、そんなに強かったの？　じゃあ、七条《しちじょう》くんは……。いえ、これは後で聞くわ。その前に、あの妖怪は私が見たことがないぐらい恐ろしかった。それに、人の言葉を話していたわ。あんなの、初めて見たのだけれど」

「そりゃあそうだろうな。土蜘蛛なんてそうそう会わないし、出たらすぐに退治されてる。今回は運が悪かったんだ」

なにも知らない状態で土蜘蛛レベルの妖怪に襲われるなど、トラウマ級だろう。それなのに、今こうして冷静に質問してくる水瀬には感心する。

「あと、妖怪は位が上がると、人間の言葉を使う奴らが出てくるんだ。位が上がったヤツらは、俺たちとの境界に近づけるんだよ」

これは妖怪だけでなく、人間にも言えることだが。

見れば、水瀬がよくわからないというように小首を傾《かし》げていた。

「とりあえず、人間の真似《まね》が上手《うま》いやつほど危ないって思ってればいいよ」

言葉を話せば大変危険、会話できればもっと危険。俺流、妖怪危険度判別法だ。どうぞ覚えていってくれ。

「そう。……七条くん。あらためて、さっきは助けてくれてどうもありがとう」

「そんな急に畏《かしこ》まられても。調子狂うな、もっと気楽に話そうぜ」

水瀬の目が真面目に聞けと訴えてきている。どうすればいいのか困っていると、水瀬が諦めたようにため息をついた。

「……はあ。じゃあ、聞くけれど。最後にあの男の人が言っていた免許って、何のことかしら？」

「あれ、言ってなかったっけ？　あのお兄さんたち、第七隊の隊員さんだよ。全国から選抜された妖怪退治のプロだ。それで免許は『術者』に……術とか札を使って妖怪退治をする人たちに、個人での術や能力の使用を許可するものだ。一応国家資格」

身分証としても使えるらしいが、一般人相手には見せられないなど大変面倒なので、俺は一度も使ったことがない。生徒手帳のほうがよほど便利である。

「私、そんなもの持っていないわ。さっき札を使ってしまったのだけれど、何かペナルティがあるの？」

「ああ、それは大丈夫。俺が見てたから」

自分の顔を指差す。対する水瀬は、全く表情を動かさなかった。

「どういうことかしら？」

「免許は二種類あるんだ。普通の免許は、使っていい術も少ない上にその人自身の術使用しか認めてない。で、俺が持っているのは特免《とくめん》っていって、使える術も増えるし、監督する他人の能力使用についての責任も持てる。つまり無免許の水瀬が札を使っても、俺が見てるなら大丈夫ってこと」

「す、すごいのね」

「はっはっは！　一応師匠だからな！」

ドヤ顔でダブルピースをキメてみた。びっくりするぐらい、我が弟子は何も反応してくれなかった。悲しみとともにそっとピースをおろす俺をよそに、水瀬は何事もなかったかのように話し出した。

「七条くん、あなたもしかしてとても強いの？」

「えっ？　いや、それはその……」

何も載っていない座卓の上に目線を移した。意味もなく頭をかく。

「どうしてはぐらかすのよ。土蜘蛛を一人で倒した時点で、強いのはわかっているわ」

「ははは……」

誤魔化すように笑えば、ぐいっと水瀬が顔を寄せてきた。それを避けるように背を反らしながら、どうにかしてそこの部分をふわっと隠したままにできないかと思考を巡らす。

「私、自分の師匠の実力ぐらい知っておきたいわ」

至近距離の上目遣いで放たれた、「師匠」の言葉が心に刺さる。こちらはお願いして師匠にさせてもらった身だ。負い目があるどころか全身眼球に近い。しかも水瀬の言うことは正論だ。どう足掻《あが》いても、圧倒的に俺が不利である。

「教えて、お師匠さん」

「……うっ」

ダメ押しの一言に、思わずうめいた。こうなっては仕方ない、と目を閉じる。そのまま一度大きく深呼吸をして。

覚悟を、決めた。


「俺、天才だったんだよね」

空気が凍る。

「急にどうしたのかしら」

水瀬は踏まれて泥だらけになったぬいぐるみを見る目で俺を見た。

「いやいや、結構本気で。天才だったなー、俺」

ひとりうんうんと頷《うなず》く俺に、水瀬は冷たい目のまま。

「うちの学校は内部進学の条件が優しいみたいね。七条くん、まだ中学二年生なのに、高等部に来てしまってるじゃない」

「俺厨二病《ちゅうにびょう》じゃないよ」

恐らくだが女子は目線で人を殺せる。

水瀬の冷め切った視線だけで俺は死にそうだった。精神的に。

「そうじゃなくて、俺は能力者……特に、術を使う『術者』としては結構いい線いってたんだよ。普通の免許だって、取得者の平均年齢は十七歳。特免《とくめん》なら二十九歳、持ってたら即、部隊に勧誘されるレベルだ。それを俺は両方とも十歳の時に取った」

「それって？」

「現在の最年少記録。特免に関しては前の記録を丸五年抜いた」

「思っていたよりすごかったわ」

やっと水瀬の目が丸くなって、視線の鋭さがなくなる。なんだか俺に対する敬意が目に見えて上がった気すらする。元々がマイナス値だったので、まだプラス評価までは程遠い。

「でも、俺は中学入る前には全く術を使わなくなってたから、今じゃ色々錆《さ》び付いてるんだけどな」

「……何か、あったの？」

「中学に入ったらな……」

空気が張り詰める。水瀬の真剣な視線を受けながら、こちらも真剣に言った。

「めっちゃ楽しかった。正直に言って術とか妖怪とか気にしてる場合じゃなかった。友達と学校帰りに遊ぶのが楽しくてやめられなかった」

「思っていたより最低の理由だったわ」

だって本当に楽しかったのだ。放課後はほとんど毎日遊び倒していたし、漫画もゲームも腐るほどやった。後悔は全くしていないし勉強もしていない。

「それで思ったんだ。普通の中学生になろう！　って。まあ、そんなこんな遊び続けて今の俺に至る」

水瀬の冷たくこちらを見やる表情はぴくりとも動かなかった。俺の半生を聞いたにしては反応が鈍すぎる。盛大なスタンディングオベーションを期待していたのに。

「……あら？　でも、それなら七条くんはどうして私の師匠になったの？　遊ぶ時間は減るし、普通の高校生はそんなことしないと思うのだけれど」

「理由なんてなんでもいいだろ。それより、これからは俺が色々ちゃんと教えるから」

水瀬は、「そう」とだけ言って理由についてはそれ以上何も言ってこなかった。ほっと胸を撫《な》で下ろす。

「ねえ、七条くんは何を教えてくれるの？」

「まずは簡単な術かな。水瀬は今でも札を使って妖怪退治するスタイルでやってるけど、ほかの術とか能力に適性があるかも見ていく。水瀬ならすぐに普通の免許ぐらいは取れるよ」

「その、術？　って、さっき七条くんが土蜘蛛に使っていたものよね？　よくわからなかったけれど、あれは何？」

早速師匠らしく弟子から質問を受けてしまった。しかも初歩的ですぐに答えられるベリーグッドクエッションだ。よし、任せておけ。弟子の疑問に師匠がきっちりお答えしてみせるぜ。

「前に、ウチの家が能力に関係あるって話はしたよな？　ウチは表向きは呉服屋なんだけど、裏ではこの地域の能力者の元締めみたいなことをしてる。ウチの裏に見える山、あれは霊山なんだ。あれの管理を代々しているのがウチ」

「それが、術になんの関係があるの？」

水瀬の質問に、少し格好つけようと腕を組んで答えた。

「ウチの家の人間は代々、ちょっと特殊な能力を受け継いでる。最後に俺が使った術、あれはウチの術者にしか使えない。でも、そうじゃない術もあるんだ。これは大体の能力者が使えるように、汎用性を重視して作られたから、適性があれば水瀬も使える。もちろん俺もな」

「それは楽しみね」

水瀬は少し嬉《うれ》しそうに頬を緩め、パジャマのポケットから出したお手製の札を見ていた。

ここだけ見ると危ない子だ。

というか、こんなときにまで札を持ち歩いているのか。すでに術者としての意識が俺より高いじゃないか。

「七条くん、今日は遅くまでありがとう」

「俺、師匠だから。これぐらい余裕だぜ！」

水瀬がほんの少し口角を上げてくれた。気がする。気のせいじゃないと嬉しい。

二人で廊下に出て、ふと気づいた。

「水瀬、部屋ってどこ使う？　誰かと一緒の方がいいか？」

「いいえ。一人でも大丈夫よ」

「そっか。じゃあ、どこがいいかな……」

本人が一人でいいと言っているとはいえ、あんなことに巻き込まれた直後だ。姉の部屋に近い方がいいのか、俺の部屋に近い方がいいのか。確実に姉だ。安心感が違う。

「悩むほどお部屋がたくさんあるのね」

「ああ。この家、部屋も無駄に多いから」

「やっぱりこのお屋敷《やしき》、家族で住むには広すぎないかしら？　こんなに長い廊下を見たのは学校ぐらいよ」

「雑巾がけ大変なんだよなー」

それに我が家は相当な築年数の経《た》った日本家屋なので、畳や障子の張り替え、無駄にある部屋ごとの布団干し、誰も使わない離れや蔵の掃除など、とにかくめんどくさいのだ。水瀬の言うとおり、五人の家族だけで住むには効率が悪すぎる。それに昔は庭の池のコイを釣って遊んで怒られたり、最近は庭の手入れが面倒だと思って木を丸坊主にして怒られたりもした。広い家なんてロクなことがない。

廊下の途中、適当な部屋の障子を開ける。家具が一つもない殺風景な和室は、定期的に掃除しているため、埃《ほこり》もなく綺麗《きれい》だった。

「水瀬、ここでいいか？　布団は押入れの中にあるから」

「ありがとう。使わせてもらうわ」

「じゃあ、しっかり休めよ。明日から色々始めるからな！」

俺も自分の部屋に戻ろうと、水瀬に背を向けた。

「七条くん。ありがとう」

水瀬がもう一度小さな声でお礼を言ったのを、布団ぐらいで大袈裟《おおげさ》だなあ、と笑って手をふった。俺も今日は色々あって疲れていたのか、自分の布団に入った後はすぐに眠ってしまった。

翌朝、制服を着た無表情の水瀬と、我が家の庭に来ていた。本当は昼まで寝る予定だったというのに、姉に叩《たた》き起こされたのだ。水瀬がちゃんと起きたのに俺が寝坊するとはどういうことだ、と布団をひっぺがされ、きちんと術を教えるようにと散々言いふくめられて庭に放り出された。しかもその情けない様子は全て水瀬に見られている。師匠かたなしだ、泣ける。

「水瀬、まずは術の適性からみてくぞ。俺がやるから、真似《まね》してみてくれ」

真剣な眼差《まなざ》しを受けながら、ぱんっと自身の胸の前で両手を合わせ、目をとじた。

「師匠としての尊厳取り戻せますように」

「今完全に失ったわ」

水瀬が期限切れの割引券を見る目で俺を見た。小粋な師匠ジョークが通じなかったか。

「じゃあ本当の行くぞー、【臨《りん》】」

俺の足元から、ふわりと風が吹いて前髪を巻き上げた。水瀬が目を丸くしている。

「なんか、こんな感じで。何か起こったら適性あり、起こらなかったら適性なし」

水瀬は素直に、俺を真似てぱんっと手を合わせて目をとじた。

「りん」

水瀬の涼やかな声。当然なにも起きない。

「葉月お姉ちゃーん！　ただ言うだけじゃダメだよー！　【臨】って言葉の意味と、術をまわす力の流れを感じるのー！」

縁側からずっとこちらを見ていた妹が、水瀬に声をかける。目を開けた水瀬は、じろりとうらめしそうに俺を見て。

「七条くん、そんなこと言ったかしら？」

「【臨】って言うのはな、今から戦うぞ！　やるぞー！　っていう意味」

拳を握るジェスチャーも披露すれば、水瀬に冷たい目で見下ろされた。

「雑ね」

「なんか本当はもっと堅苦しくて長い意味があるけど、それは支部の婆《ばあ》さんのとこで聞いてくれ」

俺もきちんと習ったし、覚えてはいる。

ただ、こんな使い所のない術の説明をするのがとてつもなくめんどくさい。水瀬だって、今日を最後に二度と使うことはないだろう。

「あなた、私の師匠よね？」

「うっ」

よく使うものは後で紙にまとめておくので許してください。

「それで、力の流れっていうのは何かしら?」

「自分の中にある力。いわゆる霊力、魔力、生命力、気力、そういうもんを流すんだ。力はそこにあるだけじゃなくて、流して初めて働き出す。両手を合わせてるのは、力の流れを意識しやすくするためだよ。ぶっちゃけやらなくてもいい」

「そう。……【臨】」

水瀬の足元からびゅうっと突風が吹いた。制服のスカートが捲《まく》れ上がり、咄嗟《とっさ》に顔を逸《そ》らす。その先に見えた縁側で、妹がぽかんと口を開けて驚いていた。

突風が止《や》んで、恐る恐る水瀬の方に目線を戻す。

「七条くん、どうかしら?」

水瀬が乱れた髪を払いながら、無表情で聞いてきた。

「……水瀬、実は経験者だったりする?」

「そんなわけないでしょう? 今のが初めてよ」

「俺の札使えたから予想はしてたけど、すごいな……」

おそらく水瀬は、力の流し方が上手《うま》いのだ。それも異常なレベルで。

流す際におそろしくロスが少ない上に、最適な加減で隅々まで霊力が巡っている。だから同じ術でも結果に差が出るのだ。これは技術の問題だが、練習や経験でどうにかなるレベルを超えている。ベテランの術者でも、ここまで上手《うま》く霊力を扱える人はいないだろう。

「水瀬、ちょっとまっててくれ」

急いで自分の部屋に戻って、散らかった机の上からとある教科書を引っ張り出した。

これは総能が出している初心者用の術の教科書で、術者になる人ならば必ず読むことになる一冊だ。

恐らく水瀬は、この本にのっている術なら全て今すぐにでも使える。術を使う上での最大の難関、霊力の扱いが初めから熟練者レベルだからだ。普通ならば霊力をきちんと扱えるようになるまでに数年はかかるといわれている。

庭に戻って、水瀬にくたびれた教科書を渡した。

「これ、霊力流しながら読んでみてくれ。多分もう使えるから」

水瀬は、無表情のままぱらぱらと教科書のページをめくって。

「【烈《れつ》】」

よりによってこの教科書の中で一番難易度の高い術を選んだ。

ばちんっ、と大袈裟な音がして、額に軽い衝撃。

「いたい……。水瀬、よく読め。これは人に向けて使ってはいけませんって書いてあるだろ」

「あら、師匠よ？」

「師匠も人ですけど……？」

もしかして師匠には人権なかったりしますか。

「じゃあ、七条くんだからよ」

「七条くんも人間ですよ……」

術より痛い。心が。

「でも、本当に使えたわ。これで妖怪退治も捗《はかど》るわね」

水瀬が教科書を胸に抱いて満足げに言った。それに首を傾《かし》げたのは俺の方だった。

「え？　こんなもんじゃ雑魚しか倒せないぞ。それに、普通の免許も取れない」

「なによ、おだてただけなの？」

不満そうな水瀬に、ぐっと一歩近づいた。水瀬の目が見開かれる。

「何言ってるんだ、これはすごいことだぞ。初めてでここまでできるなんて本物だ。この調子なら夏には免許が取れる……これは本当にすごいぞ！」

「な、なによ、急に嬉しそうにして……七条くんのくせに……」

最後の一言が気になるが、とにかく水瀬の術者としてのポテンシャルは本物だ。

俺も師匠として興奮が抑えられない。

やはり水瀬は、きちんとした環境さえあれば、良い術者になれる。

「とりあえずその教科書は全部覚えるぞ。そしたらもう少し難しい術にいこう」

「わかったわ！」

よし、この感じはまさに師匠と弟子感が出て素晴らしい。やる気満々の水瀬といい、うんうんと頷《うなず》く俺の師匠感といい、雰囲気も完璧だ。

「じゃあ、とりあえず一回全部使ってみるか」

「七条くんへ向けて？」

「なぜ……？」

なぜ七条くんに。もしかして嫌いか、俺のこと嫌いなのか弟子よ。

「目標があった方が気持ちが入るの」

「それは目標なのか……？」

「標的とも言うわね」

標的の心は傷ついたが、水瀬の言うことも分からなくはないなと、ズボンのポケットに手を入れた。

「仕方ないな……【式《しき》】」

紙の札を放って、式神を出す。式神とは、簡単にいえば動力源からボディ、行動プログラムまで、全てが術者の霊力による完全自作のしもべ、つまり自作のお手伝いロボットだ。

今回の式神のデザインは人型で、俺よりチビでデブでブサイク。

「コイツに向かって術を使ってみてくれ」

「かわいそうよ……」

水瀬はさっと目線を外し、手を胸の前に引っ込めた。無表情なのに本当に悲しそうな目をしている。

「なんでだよ。コイツは式神、いわば術で作った置物だ。今回は動く指示も出してない。ただ霊力を持って立ってるだけだぞ」

「このデザインにするあなたの考えが全て丸見えなことよ……かわいそうだわ」

「かわいそうって俺がかよ……」

目から熱い汗が出た。かわいそうである。

「まあいいわ。さっそくやってみるわね」

ぱっといつも通りに戻った水瀬は、教科書の術を順番に式神にかけ始めた。庭に水瀬の声だけが響く。

最後の一つをかけたところで、式神がぼんっと消えた。

「おお、全部一発か！　流石《さすが》だな！」

「ねえ、今の子、消えてしまったけれど」

「元々そういう風に出したんだから平気」

水瀬はなんだか申し訳なさそうにしているが、割るために買った皿みたいなものだ。消えたのはただ役目を終えたからで、何も不思議なことはない。

「ねえ、私も人を出せるようになるかしら？」

「人じゃなくて式神な。簡単なのならすぐ使えると思うけど、人型はでかくて難しいから、特免持ってないと厳しいかな。まあ、今のところ最優先なのは初級の術を覚えることだ。言葉の意味を覚えて、教科書を見なくても完璧にできるようにする。ここに載っている術は全ての基本だからな。これを完璧にするのが一番大事なんだよ」

自分がかつて言われたことをそのまま水瀬に伝える。この教えは本当に大事だと、今でも思っている。水瀬が、ぱらぱらと教科書のページをめくった。

「覚えるって、この本を全部？」

「そうだ。それが曖昧だと難しい術も全部ガタガタになる。その本一言一句全て暗記して、さらに全て理解して自分のものにするんだ」

「わかったわ」

大変だが、基礎ほど大事なことはない。基礎さえしっかりしていれば、どうにかなることはたくさんあるのだ。

「じゃあ、あとは頑張って覚えてきてくれ。それまでに俺も色々次の準備しておくから」

「ええ。今日の夜までには覚えておくわね」

「そうか、夜までに……え？」

聞き間違いかと思って水瀬を見る。相変わらずの無表情である。

「部屋を借りてもいいかしら？」

「それはいいんだけど……今夜？」

この教科書は一体何ページあるとお思いですか。

「今夜よ」

水瀬は何ともないようにそう言って、教科書を持って家の中へ消えた。

そして水瀬は、本当に夕飯前には初級教科書にある全ての術、二十四個を覚えてきた。

「天才じゃん……」

食卓に額をつけながら、世の中の脳みそ格差について考えていた。俺は徹夜しても学校のテストに出る分の英単語すら覚えられないというのに。

「それは前も聞いたわ」

「めっちゃ頭いいじゃん……」

「暗記と、頭の良し悪《あ》しは別物だと思うけれど」

それ頭良《い》い人が言うやつじゃん。

「それより、これを覚えた次は何をするのかしら」

「俺の方がなんも準備できてないんだけど……」

半日かけて自室から探し出した『すぐにできる！　一般中級術　～あなたもこれで免許が取れる！～』（第六版　全国総能力者連合協会《ぜんこくそうのうりょくしゃれんごうきょうかい》公認テキスト）を水瀬に渡す。これ一冊で免許が取れると評判のベストセラーだ。

「なによこの本、表紙が芸能人じゃない」

　水瀬が怪しむように教科書の表紙を眺める。表紙には、とびきりの笑顔でウィンクを決めている黒い和服姿の女の子が載っている。相変わらずベリーキュートだ。

「この子は天才術者アイドルゆかりん、総能の公式宣伝部長として活動してるんだ」

「この人、この間は大食いアイドルとしてお昼のテレビに出てたわよ」

「さすがゆかりん。術者と大食いアイドル、二足のわらじを履きこなしてるな」

「……」

　水瀬は、また無表情でじっと手元の本を見ていた。

「七条くん、これあなたが買ったの？」

「ん？　ああ、中級の本で一番わかりやすいし」

　本当はゆかりんが表紙だったから必要もないのに買った。ファンです。

「そう……」

「あ、もしかして水瀬もアイドルに興味があるのか？　水瀬ならいけるって。ゆかりんはカワイイ系だからキャラも被《かぶ》らないし、水瀬も天才術者アイドルとして活動してみたら？」

その前に免許取らなきゃだけど」

「おバカなんじゃないの？」

水瀬の目から何か出たと思う。俺の心を切り裂いた何かが。

「この本も覚えれてくればいいのね」

「ああ、でも中級になると、覚えただけじゃ使えないものもあって、それは俺が教えるよ」

「わかったわ。……ねえ、明日から学校だけど、どうするの？」

「どうするって、普通に学校行くだろ」

俺達は真面目な高校生だ。遊ぶのは放課後からだろう。

「いつ術を教えてくれるのよ」

「……次の日曜？」

真面目に答えたつもりが、水瀬の視線の温度が急激に下がる。

「明日の放課後ね。支部のおばあちゃんのところに来るように言われてるから、七条くんも来てちょうだい」

「あれ、急な電波障害だな。水瀬に俺の言葉が通じない」

もしもし聞こえてますか。どうしたら俺の言葉が届きますか。

「じゃあ、明日の放課後ね。今日も、泊めてもらえるかしら？」

「泊まるのは問題ないけど……明日の俺の予定は？」

水瀬が信じられないとでも言いたげに目を見開いた。

「まさかとは思うけど、何か予定があるの？」

「ないけどさ……」

明日は暇だ。その次も暇だ。ただ、俺はその暇を愛している。なにをするでもなくゴロゴロしたり、漫画を読んだりテレビを見たりしていたいのだ。

「明日もよろしくね、七条くん」

そうして俺は、愛する暇を失った。


翌朝、また姉に起こされて、いつもより随分と余裕を持って、学校へ向かうバスに乗った。

「……七条くん」

「しっ！　……話しかけるな。気取られるだろ」

通学鞄《かばん》で顔を隠し、慎重に周囲を見回した。

「あなたはさっきから一体何を警戒しているのよ」

「ふっ……。水瀬はまだ知らないようだな。きゃつらの恐ろしさを！」

「急になんなのかしら」

水瀬が七色に光るキーボードを見る目で俺を見た。

「きゃつらは普段と違う雰囲気に目ざとい。気取られたら最後、地の果てまで追いかけられ、からかわれる」

周囲への警戒は緩めずに、窓の外を見つつ早口に言った。

「……つまり、あなたのお友達のこと？」

「今に限ってはきゃつらは仲間ではない。俺の学校生活を破壊しかねない凶悪な敵だ！」

「今、私たち以外誰も乗っていないバスの中で、その警戒は意味があるのかしら？」

朝の閑散としたバスの中に、俺と水瀬の声だけが響いた。水瀬の冷たい目線が刺さる。

その慢心を鼻で笑った。

「ふっ、バカめ、敵がいつでも自分の見える範囲にいると思うな！　いかなる時でも常に注意を払うんだ」

もう一度窓の外を確認する。

まだ他の生徒が乗ってくる停留所からは遠いが、油断は出来ない。俺はこんなところで油断して、下手な失敗などしないのだ。

「そう言うあなたの方がおバカだと思うのだけど。……でも、あなたが嫌だと言うなら、学校では気を遣うようにするわ」

「頼んだぞ。未来は水瀬にかかっている」

水瀬は、「大袈裟《おおげさ》ね」とため息と共に呟《つぶや》いた。大袈裟なものか、人生かかってんだぞ。

「じゃあ、俺はここで降りる。生きてまた会おう！」

「ちょっと、ここはまだ学校まで遠いわよ！」

慌てる水瀬に黙って敬礼して、学校よりだいぶ手前の停留所でバスを降りた。

このあたりにうちの生徒は住んでいない。ここで降りれば、誰かに見つかることはまずないだろう。それに、全力で走れば授業には間に合うはずだ。

息切れと共に学校に着いたのは、ホームルームぎりぎりの時間だった。

「おー和臣ー！　月曜から寝坊かー？」

相変わらず元気が有り余りうるさい田中《たなか》。しかし水瀬との関係を気取られた様子はない。

「まあな……」

息を整えながら席についた。この時、間違っても水瀬の方に視線を向けないよう注意する。

田中は無駄に声がでかい。こいつに勘づかれたら全ての終わりだ。

「なぁ、今日中間テスト返ってくるよなー？」

「ああ。田中が苦手な数学もな」

「やべぇー！　でも、今回難しかったよな？」

田中がいつまでも俺の席の前で、難しかったよな、としつこく騒ぐので。

「あぁ、難しかった。平均点三点ぐらいじゃないか？」

「だよなー!!」

大袈裟に喜ぶ田中をよそに、教室に入ってきた担任がホームルームを始めるからと席につくよう声を張っていた。

今日の授業では、田中が数学で赤点と判明したこと以外、特に何も起こらなかった。

放課後になり、帰宅する生徒の流れから少し遅れるようにして、すぐ近くにある総能支部へと向かった。水瀬は先に着いていて、門の前で俺を待っていた。

「おー、早いな！　中で待ってればよかったのに」

「あなたが本当に来るのか、見張っていただけよ」

「信用ゼロ……」

支部にはタケ爺《じい》しかいなかったので、普段は剣道教室で使っている道場を借りた。

「じゃあ、今日は中級の術をやっていくか」

「ええ。昨日貰《もら》った本はほとんど覚えたのだけど、まだ曖昧な所があるのよね」

「……もう覚えたの？」

初級の本より量は多いし、何より内容が重い。それを、一体いつの間に覚えたのか。

「暇な時間に目を通しておいたのよ」

「そ、そんなに急いでやらなくてもいいんだぞ？」

「だって、他にやることもないもの」

あるだろ。平日の学校だぞ。授業受けたり勉強したり、友達と話したりとか色々あるだろ。

「早速使ってみてもいいかしら？」

「あ、ああ」

水瀬の無表情からは何も読み取れない。学校では浮いている風でもなく友達もたくさんいるように見えたが、もしかして何か悩みがあるのだろうか。それとも単に水瀬の頭が良すぎて授業が退屈なのだろうか。どうか後者であってくれ。

「和臣ーー!!　ちょっと待ちなー!!」

突然の怒鳴り声。それと同時にものすごい速さで道場に入ってきたのは、小柄な老婆。

「だれが老婆だ！」

ごす、とスネに蹴りが入り、涙を堪《こら》えてうずくまる。唐突に痛すぎる。

「和臣、初心者に中級なんてやらせんじゃないよ！　そんなこともわからないのかい？」

「いや、婆《ばあ》ちゃん。水瀬はもう基礎はできてるから……」

そう。この婆さんこそ、この支部を牛耳る独裁者。タケ爺の奥さんであり、書道教室の先生でもある。若い頃は相当優秀な術者だったらしいが、今は引退して若い術者を教育している。

「何言ってんだい！　札の書き方も知らないような子ができるわけないだろ！」

「マジだよ……」

俺は小さい頃、この婆さんに術を習った。

それはそれは厳しくて、何度泣いて逃げ出そうとしたか分からない。その度にあらゆる手段を使って捕まえられて尻を叩《たた》かれた。

十歳で免許をとった時は喜んでくれたが、そのあとも厳しい指導は続いた。

それから一年後、本気で追いかけてくる婆さんから初めて逃げ切った時に「お前に教えることはもうない」と言われ、俺はここに来なくなった。今思い返しても恐ろしい思い出だ。

「使えるだけじゃダメなんだよ！　しっかり理解して自分のものにするんだ！　散々言ってきただろう！　まさか忘れたのかい⁉」

「できてるんだよ……」

涙ながらに訴えても、全く取り合ってもらえない。

そんな様子の俺たちを見て、水瀬が慌てて間に入ってくれた。

「あ、あの。おばあちゃん。私、今からやってみるから、見ていてもらえるかしら」

「ああ、もちろんだよ。ゆっくりやってごらん」

にっこり笑った婆さんが、優しく言った。驚くなかれ、この婆さん、俺以外には優しい。

そして変わり身も早い。

妹の清香も現在この婆さんに術の指導を受けているが、毎回楽しかったと言って帰ってくる。俺は毎日泣かされていたというのに。これが贔屓《ひいき》か。

「【烈《れつ》】」

水瀬が術を使う。ちり、と衝撃が俺の頬をかすった。やめよう師匠いじめ。

「ほう？」

途端、婆さんの目の色が変わる。

俺の体が反射的に腰を上げ、そのまま走り出す。思考が追いついたのはそのあとだ。まずい、逃げろ。

「待ちなバカタレ！　【禁縛《きんばく》】！」

婆さんの術が俺を捕らえ、がちっと体が固まりその場で身動きが取れなくなった。仕方なく、唯一動く口で精一杯の抗議の声を上げる。

「婆ちゃんっ!!　これ上級の術だろ！　人に向けて使っちゃダメなやつ！」

「あんたがいきなり逃げるからだろ？　それに、こんな術にかかるとはあんたも鈍ったねぇ」

「はなせぇぇえ！」

術から逃げ出そうと手足に力を入れるが、どうにも動けない。そんな様子の俺から、婆さんがつまらなそうに目を逸《そ》らした。

「ふん、そんなもの自力で何とかするんだね。葉月、術を見てあげよう。さ、庭に行こうね」

「水瀬！　気をつけろ！　その婆さんそんな顔しといてめちゃくちゃ厳しいぞ！」

水瀬は振り返らなかった。それどころか身動きできない俺になんの反応も返さなかった。

なぜか、前が霞《かす》んで見えなくなった。泣いてるのか、俺。

しばらくして冷静になり、大人しく術を解いて庭に行くと、婆さんと水瀬は二人で楽しそうに術の練習をしていた。

「ほら、こうするともっと威力がでるだろう？」

「すごいわ！」

「葉月は力の扱いが上手《うま》いねぇ。中級の術もすぐ上達するよ」

「ありがとう、おばあちゃん。とってもわかりやすいわ」

一瞬目を離しただけで、とんでもない疎外感だった。

「どうせあのバカはなんにも教えてないんだろ？　術も札と一緒にわたしが教えてあげるよ」

「ありがとう」

とんでもない契約までしている。俺、クーリングオフされるのか。せめて師匠の名前だけは。

「ん？　やっと来たのかい。和臣、あんたこの子の師匠になったんだって？」

「……うん」

「和臣、人には向き不向きがある」

婆さんが神妙な顔で俺に言った。返す言葉もなく空を見る。

婆さんは俺に術を教えた人だ。術者としての俺をよく知っている。反論などできようはずもなかった。

「知識は、わたしが教えてあげるよ。あんたは実践で教えてあげな」

「……ありがとうございます」

ぺこりと腰を折って頭を下げた。不出来な教え子で申し訳ない。

婆さんは「しっかりやるんだよ」とだけ言うと、すぐに水瀬に向き直った。

「葉月、この子は色々雑だし、人に何かを教えるなんてできやしないだろ。それでも、実力はあるんだ。実技なら私よりも上だよ」

「おばあちゃん、それは本当？」

水瀬が意外そうにこちらに目をやる。婆さんのことは信頼し切っているのに、自分の師匠をまるで信じていない様子だ。

「今じゃ鈍っているようだけどねぇ。でも、術者としては本物なんだ」

「おばあちゃんがそう言うなら……。七条くん、よろしくね」

「……おう」

なんだかすごく心が痛い。婆さんと水瀬両方に気を遣われているこの感じ。

しばらく世界の奥行《おくゆき》と心の痛みと優しさの関係について考えていると。

「和臣、葉月が練習している間、あんたは爺《じい》さんに言って鍛えてもらいな」

「え」

思わず思考も体も動きを止める。

婆さんがいきなり目を吊《つ》り上げた。あの頃の思い出がよぎって、心臓が縮み上がる。

「あんたは術も鈍ってるが一番は体だよ！　なんだいあの走りは！」

「ま、待ってくれ、本当に待ってくれ！」

これは、まずい。

じりじりと後退する俺にかまわず、婆さんが声を張り上げた。

「爺《じい》さーーん、和臣鍛えてやんなー！」

「待ってーー!!??」

俺の叫びを聞いてか聞かなくてか、いつものようににこにこしたタケ爺が、竹刀と道着を持ってやって来た。

「おお、和坊！　やっと剣道に興味がでたか！　そうかそうか、じゃあ、鍛えてやるからな」

「水瀬ーー！　助けてー！」

水瀬は乾いたナメクジを見る目で俺を見た。

「七条くん……。今のところ、いいとこなしよ」

とどめだった。

タケ爺に引きずられるようにして道着に着替える。

そして、道場に入った途端。いつもは優しいタケ爺の顔が豹変《ひょうへん》した。

「おら、走れーー!!　まずは道場百周！　その後は素振り百回！」

「ひぃ！」

「口答えするなぁーー！　走れぇい！」

バァン、と竹刀が床に打ちつけられる。

あんなに優しいタケ爺だが、道場の中に限っては婆さんより怖い。小さい頃は習ってもいないのによく剣道教室に引きずり込まれた。そして毎回泣かされた。

「おら、もっと速く走らんか！」

タケ爺の前を通る度、べし、と足を竹刀で叩かれる。

「あああああ!!」

「うるさい！」

バシッと背中を叩かれる。

俺は水瀬が術者としてやっていけるように師匠になったのだ。決して俺が術者として成功したい訳ではないし、体力をつけたい訳でもない。

「なぜーーー!!」

「終わったらさっさと素振り！」

道場に、竹刀の音が響いた。

やっとタケ爺から解放されたのは、日が沈んだ頃だった。道場の床に倒れ込んだ俺を、いつの間にかやってきた水瀬がそばに立って見下ろしている。

「七条くん、私は帰るわ」

「……」

「もう七時よ」

「……」

「私、帰るから」

「……待って……」

床に突っ伏し、顔を伏せたまま言った。自分で言うのもなんだが、消え入りそうな声だった。

「送ってくれなくて平気よ。おばあちゃんが代わりに式神を出してくれるそうだから」

「……違う……」

一応足を止めてくれた水瀬は、関わりたくないという感情を隠しもせず言った。

「なによ」

「……助けてぇ……！」

「私、帰るわね」

水瀬がくるっと踵《きびす》を返した。華麗なターンがすぎる。

「……立て、立てないんだ……！　水瀬、助けてくれぇ！」

首だけでこちらを振り返った水瀬は、靴の裏に付いたガムを見る目で俺を見た。

「情けないを軽く通り越しているわよ。じゃあ、さようなら」

「見捨てないでぇ……」

タケ爺にしごかれ、足も腕も心もがくがくだ。もう一歩も動けない。お願い助けて、見捨てないで。

しかし、水瀬は本当に俺を見捨てて帰った。

もう何も、誰も信じられない。俺はこれから一人で生きていく。

「和臣、さっさと帰んな！」

頭上で婆《ばあ》さんが怒っているが、俺だって悲しんでいる。

「はぁ……。仕方ないねぇ、家に電話は入れてやる。さっさと風呂入んな」

「ひぃん」

泣いた。もう何も気にせず泣いた。

「情けないねぇ……あたしゃ泣けてきたよ」

痛みに耐えて風呂に入った。

婆さんの家の風呂は異常に熱い。俺を茹《ゆ》でる気なのかもしれないと昔から思っていた。なんとか茹で上がる前に風呂を出て、寝巻きはタケ爺のものを借りて婆さんたちと一緒に夕飯をいただく。

夕飯は唐揚げだった。婆さんの唐揚げは一個が大きく、味がしっかりついていて美味《おい》しい。

やはり生きていく上で一番大事なのは人と人との繋《つな》がりかもしれない。人は一人では生きられない。俺はなんて小さな存在だったんだろう。世界って美しい。唐揚げうま。

「和臣、どうして弟子なんて取った」

食後に、婆さんがこちらも見ずに聞いてきた。タケ爺に至ってはテレビに夢中で、俺たちの会話は耳に入っていない様子だ。

「……水瀬はいい術者になりそうだと思って」

「あんたが後進なんて気にするタマかね。それに術者をやめたとき、もう二度とこっちには戻らないと言ったじゃないか」

婆さんに嘘《うそ》や誤魔化しは通じない。答えに困っていると。

「なんでもしてやりたくなったんだろう？」

「……うん」

おそらく全てお見通しの婆さんの言葉に、素直に頷《うなず》いた。

あの夜。涙が光る満月の下で、普通になれないと、それでも一生生きていくと言った水瀬。俺はあの時、この世で最も美しく、強くまっすぐで、儚《はかな》く脆《もろ》いものを見たと思った。

自分にはない光を見て、この人のためならなんでもすると、だからどうか損なわれることがないようにと、心がひざまずいて乞い願ったのだ。

「まあ、俺はなんもできないし、名前ばっかりの師匠なんだけどさ」

「それでも弟子にしたんだ、絶対に守ってやりな。……後悔するよ」

ヘラヘラ笑う俺に対し、婆さんがふと口を閉じた。見たこともない静かな様子の婆さんに、本格的に心配がつのる。

「婆ちゃん、急にどうしたんだよ。今まで俺に対人不可の術かけまくったことなら気にしてないよ」

「それはかかるあんたが悪いんだよ」

婆さんの顔に生気と怒りが戻る。ほっとして思わず笑えば、婆さんは鳩が豆鉄砲でも食ったような顔をして動きを止めた。しかしすぐに、ため息交じりに席を立った。

「和臣、明日も学校あるんだろう？　早く寝な」

「うん」

「お？　和坊、じいちゃんとオセロやらんのか？」

いつの間にかオセロの板を持って来ていたタケ爺が、部屋の真ん中に座った。既に白黒の石を並べ始めている。

「じいさんも、早く寝るんだよ」

婆さんはさっさと寝室に行ってしまった。その後、俺はタケ爺との六回にわたる死闘を制し、清々《すがすが》しい気持ちで布団に入った。

翌朝、寝ぼけたまま時計を見ると七時五十分。

「ん？」

七時五十分？

「おお、和坊おはよう。ばあさんは朝からどっかに行ったぞ」

襖《ふすま》が開き、隣の居間からタケ爺が顔を出した。

「タケ爺おはよう。なあ、この時計壊れてないか？」

「ああ、そう言えばズレとったわい」

「そうだよなー！　びっくりしたー！」

安心して笑う。だってこんなの遅刻じゃないか。八時過ぎにはホームルーム開始だ。

タケ爺はちゃぶ台の前に座って新聞を広げながら、湯呑《ゆの》みを傾けなんでもないように言った。

「十分遅い」

「遅刻ーー!!」

飛び起きて、婆さんが畳んでおいてくれた制服に袖を通す。

シャツのボタンは最低限に、ネクタイはもはや結ばずに鞄に突っ込んだ。ズボンのベルトをガチャガチャとしめながら玄関へ走る。

「和坊、朝ごはんあるぞー」

「遅刻する！」

俺の焦った声に、タケ爺が台所からひょっこりと顔を見せた。

「じゃあ持ってくか？」

「ありがとう！」

もたつきながらも靴を履いている間、タケ爺が持ってきたのは味噌汁《みそしる》と白米。もちろん二つとも茶碗《ちゃわん》。

「ほれ、持ってけ」

「無理だろ」

無理だろ。

「あ、箸か」

「いや、違う。タケ爺、よく考えて？」

「おい、遅刻するんじゃないのか？」

「ああああ!!」

何故《なぜ》か、両手に茶碗を持って走った。

味噌汁が零《こぼ》れそうだったので信号待ちの途中で飲んだ。死ぬほど熱かった。

学校に着いたのは、悲しくもホームルームが終わった後。騒がしい教室に飛び込み、自分の席にスライディングを決めた。

「ギリギリセーフか!?」

「いや、アウトだろ」

冷静にアウト判定をくれた野球部山田《やまだ》と、もはや顔すらうるさい田中がやってくる。

「和臣アウト!!　って、お前なんで茶碗持ってんの？」

「朝メシに決まってんだろ!!」

「逆ギレじゃねぇか……」

あの田中が静かになったので、おとなしく席に座って茶碗の白米を食べる。

まだほんのり温かい。タケ爺の優しさと結局遅刻した悲しみで涙が出そうだ。

「和臣、一時間目移動だぞ。早く食え」

「ったく、朝メシぐらいゆっくり食わせろよ」

「なんでお前がキレてんだよ……」

茶碗で白米を食べていたらクラスの女子達にとんでもない目で見られた。

うっすら涙が滲《にじ》む。やはり何も信じられない。もう人なんて信じない。


なんとかダークサイドに落ちずに、悲しみを乗り越えた放課後。

朝ごはんの茶碗を返しにタケ爺の家に寄れば、俺より先にここに来ていたらしい水瀬が、いつも通りの無表情で言った。

「七条くん、今日は大変だったわね」

「なにが？」

「遅刻しても食器で朝ごはんが食べたいなんて、あなたの食へのこだわりが怖いと女の子たちが話してたわよ」

人の心を傷つけて何が楽しいんだ。

今の俺の心はガラスどころじゃないぞ。

もはやプリンだ。牛乳入れすぎたやつ。

「今日はおばあちゃんに、七条くんに実技を見てもらうように言われたの。見てもらえる？」

「……おう」

ニコニコしているタケ爺に茶碗を返してから、弟子の待つ庭に向かった。

無表情で立っていた水瀬は、首を傾《かし》げて。

「実技って何をすればいいのかしら？　術を使うだけならもうおばあちゃんに見てもらっているし……。やっぱり、七条くんに術をかければいいのかしら？」

「もうそれでいいよ……」

「今日は一段と卑屈ね」

すみません誰か、誰か俺の心に優しさと愛を。

「でも、的なら七条くんじゃなくても、おばあちゃんの式神でいいのよね」

そろそろ師匠としての尊厳を取り戻さないとまずい。水瀬は今、完全に婆さんを求めている。

「じゃ、じゃあ、俺に一発当ててみてくれ！　術はなんでもいいし、もし出来たら、今すぐ免許取りに行こう。一人で術使い放題になるぞ！」

「あら、いいの？」

「ああ、当てられたらな」

ふと、目についた制服のズボンについたゴミを払う。連日の疲れからか、くあ、とあくびが出た。

そんな俺をみて、水瀬が念を押すように聞いてくる。

「本当に、なんでも当てたらいいのよね？」

「ああ、札も使っていい。ハンデで、俺は道具も術も使わない」

空《から》の両手を見せれば、水瀬は表情こそ動かさなかったものの、どこか不満そうな声をあげた。

「……さっきから、随分な自信ね」

「うーん、これは自信というか、なんというか。まあ、俺も随分鈍ってるから、案外早く終わっちゃうかもなー」

そう言いつつ、ワイシャツのシワを軽く引っ張る。なぜこんなにシワだらけなんだ。分かっている、体育の時にちゃんと畳まなかったからだ。また姉に怒られる。

「七条くんに術を当てれば、免許を取れるのね？」

「免許の試験に行くのを許可するってだけだけど。でも、俺に当てられたら免許なんて楽勝だよ」

「いいわ、早速始めるわね！」

水瀬はいきなり数枚の札を投げてきた。

しかし、その札は俺にたどり着く前にひらりと地面に落ちる。

「⁉　どういうことなの？」

「届きませんなぁ」

腕を組んで、ニヤニヤと上がってしまう口をなんとか落ち着ける。予想通りというか、期待通りの反応だ。

「くっ！　【爆烈《ばくれつ》】」

「おお！　中級だな！」

ただ、水瀬が使ったそこそこの難易度の術も、俺にかかる前に消える。

「どういうことよ！」

「はっはっはぁ！　どうした水瀬！　この程度か！」

「あなた、私の師匠なのよね？　悪役に立候補したいのなら事前に言ってちょうだい」

「ははは！　ほら弟子よ、一発当ててみろー！　俺はまだ一歩も動いてないぞー？」

「……こんなにイライラしたのは初めてよ。【熱烈《ねつれつ》】」

「熱くも寒くもなーい！」

全く届かない術を前に、その場でダブルピースサインをお見舞いした。水瀬は、表情を変えずに初心者とは思えないほどスラスラと続けて術を使ってくる。

「【寒烈《かんれつ》】【切烈《せつれつ》】【光烈《こうれつ》】」

「届きませーん!!　っていうか、そんなに一気に使って大丈夫か？」

術の使いすぎで霊力不足になって倒れるとか、やめてくれ。バレたら管理不行き届きで俺が婆《ばあ》さんに怒られる。

「【縛《ばく》】」

「うっわ、準上級……」

水瀬は、初心者が使うには難しすぎる術を放った瞬間、走り出した。

そのまま俺に向かって大量の札を投げながらも、足は止めない。こちらには一つの術も札も届かなかったが、ひらひらと目の前を覆う札のせいで、前が見えない。そんな中で、ほんの一回の瞬きをしただけだった。

視界が開けた瞬間に俺が見たものは、空気を裂く鋭さで突き出された、水瀬の握り拳。鼻先スレスレでぴたっ、と止められた手を見て、思わずごくりと唾を呑む。

「……七条くん」

「は、はいなんでしょう？」

身動きも取れずに返事をすれば、情けなく声が裏返った。

「拳は一発に入るのかしら？」

「すいませんなしで！　調子のってすいませんでしたぁ！」

九十度に腰を曲げ、頭を下げる。なんだ今の拳は。細腕の女子のスピードとキレじゃなかったぞ。そのストレートで世界狙えるだろ。

「あら、残念だわ。ねえ、どうして私の術は七条くんに届かなかったのかしら？　札もダメだったし……」

「いえいえ、ダメだなんてそんな！　水瀬さんは本当に優秀でいらっしゃる。わたくしめが申し上げることなどございませんよ」

水瀬の機嫌を損ねないよう、揉《も》み手《で》をして笑う。あんな拳を貰《もら》ったら俺は一発ＫＯ、永遠にリングには戻れないだろう。

「本当に一発もらいたいのかしら？」

水瀬が握った拳をひゅっと空気を切り裂く速さで顔の横に持ち上げた。思わず全身の筋肉が跳ねる。

「ごめんなさいすぐ答えます許して！　あ、あのですね、自分の周りに力……霊力を張って、ある程度の術をキャンセルしてるんです。俺が張った霊力以下の規模の術は、俺の霊力にかき消されると言いますか」

「それはすごいわね」

「そんなことないですよ、これは術でもなんでもないただの技術ですから。水瀬さんは力の扱いがお上手ですから、すぐに使えるようになると思います」

「そう？　じゃあ、教えてもらおうかしら」

水瀬が、さっと肩にかかった長い髪を払った。相変わらずの無表情。

「では、自分の周りに霊力を張ってみてください」

「それは、どういうこと？」

「あのー、なんかこう、いい感じに……」

頭の上で手をふわふわと動かしてみる。

水瀬が無表情のまま、ぎろりと俺を睨《にら》んだ。

「教える気がないのかしら？」

「すいません違うんです！　人に教えるのが苦手なんです！」

「……」

「本当なんです！　嫌みに聞こえるかもしれないけど、俺、術関連で出来なかったことないんだ！　だから、人がなんで出来ないのかわからないんだよ！」

水瀬は、じっと俺を見て。

「ねえ、なんで七条くんは私の師匠に立候補したのよ」

「すいません……」

情けなくて思わず両手で顔を覆った。

「おばあちゃんを紹介してしまえば終わりで良かったはずでしょう？　それに、初めは七条くんだってそうしようとしてたわ」

ただただ顔を両手で覆って謝るしかない。申し訳ない。

「すみません……」

「答えになってないわよ」

「それは、この子が七条だからさ」

いきなり、後ろから婆さんの声がした。

「おばあちゃん、帰ってたのね」

嬉《うれ》しそうな水瀬をよそに、俺の隣まで歩いてきた婆さんは、軽く俺の頭をぺしんっと叩《たた》いた。

「和臣、隠したっていつかは分かるんだ。さっさと教えてやんな」

「……」

「あんたが言わないならわたしが言うよ？　それでもいいのかい？」

「……」

どう答えるのも嫌で、何も答えず、ただ地面の土を見ていた。婆さんより先に水瀬が痺《しび》れを切らして、声を上げる。

「あの、おばあちゃん。七条だからってどういうこと？」

「……それはね、」

口を開いた婆さんの、一瞬の隙をついて駆け出した。ただの現実逃避（物理）だ、なんとでも罵れ。

「【空縛《そらしばり》】」

「ぎゃあああーっ!!　ばあちゃんそれ本当に人に使っちゃダメなやつー！」

婆さんの上級の術にかかってもがきながら叫ぶ。放せ、放して。逃がしてくださいお願いします。

「いい加減腹くくんな！　あんたが言わなくてもいつかは分かるんだ！　だったら自分で言うんだよ！」

「嫌だあああー!!」

婆さんは、やれやれというように片手を額にやって。

「まったく、いつまで経《た》ってもバカだねぇ……。葉月、話をしよう。和臣もそんな術にかかってないで早く来な！」

「ひぃん」

「情けない声出してんじゃないよ！」

水瀬は音の出ないリコーダーを見る目で俺を見た。

結局逃げきれなかった俺は、婆さんに引きずられて居間に向かった。

部屋では無理やり婆さんの隣に座らされて、水瀬とちゃぶ台を挟んで向かい合う。

「ほら、和臣。黙ってないで自分でちゃんと言うんだよ」

とんでもないことになってしまった。どうにかこのことは言わずに最後まで行こうと思っていたのに。

「七条くん、私の師匠になったのは、七条だからって……どういうこと？」

「……水瀬、ラッキーセブンって知って」

「和臣、ふざけてないでちゃんとやるんだ」

また黙った俺に、婆さんが諦めたようにため息をついた。

「はあ……。じゃあ、私が言うよ。いいね？」

よくはない。良くはないが代案もない。

「まったく……。葉月、この子があんたの師匠になりたがったのはね、あんたの後ろ盾になろうとしたんだよ」

「後ろ盾？」

「そうだ。プロの術者としてやっていくには、後ろ盾がないと大変なんだ。この世界はまだ、家柄だとか血統だとかがうるさくてね。全くのフリーの術者で成功する奴もいるにはいるが、ほとんどが何処《どこ》かの家の門下に入っている」

フリーの術者は何かと大変だ。知名度がない中まともな仕事をもらえるようになるまでも大変だし、もし失敗しても、誰も助けてはくれない。もし本気で術者として出世したいなら、何かそれなりの後ろ盾が必須になる。

「私も何処かの門下になった方がいいの？」

「いや、葉月のように大きくなってから能力者になった人が門下に入っても、大変なことが多い。そもそも、それなりのところには入れるかすらもわからない。どこも古くから続いている家だから、しがらみも多くてね……。だから和臣は、葉月が自由にやっていけるような後ろ盾になってやろうと思ったんだろ？」

「……いや、俺は今年の占いで弟子を作ると吉って出たから」

「おばあちゃん、七条くんが後ろ盾ってどういうこと？」

　せめて突っ込んでくれ。

「七条はね、有名なんだよ」

「有名？」

　何も知らない水瀬に、婆さんが静かに話し出す。俺ももう諦めて、黙ってちゃぶ台に目線を落とした。

「そうだ。昔から、本当に昔から、能力者《こっち》の世界で力を持っている十個の家があったんだ。その家たちは、他の誰も手がつけられないような強力な霊山を、それぞれ管理している。おかげであたしたちは、安心して暮らせるのさ」

　婆さんが窓の外の山を見た。我が家の裏山である、日本屈指の霊山。あの美しく穏やかに見える緑の山肌の、奥にある理不尽な恐ろしさを、婆さんは知っているようだった。

「その十ある家ってのが、一条《いちじょう》から九条《くじょう》までの九つの家と、零《れい》の家だ」

「それじゃあ、七条くんのお家《うち》って……」

水瀬が、驚いたように俺の顔を見つめる。

「こっちの世界では、十本の指に入る名家だ」

「知らなかったわ……」

俺もあんまり知りたくなかった。仰々しいよ。自分の家だけど。

「そして、和臣はその七条本家の息子。この世界じゃこれ以上ない生まれだ。でも、この子は少し前に突然術者を辞めた。七条の家業も継ぐ気がないようだし、総能からの仕事もまったくやらない。七条本家の中で、一番七条から遠いのが、今のこの子だ」

全ての要素がダメ息子である。改めて自分のダメさを一つ一つ挙げられるともはや感動すらあった。これからも貫いていきたい所存である。

「……だから、わざわざ私の師匠になってくれたのね」

「この子はバカだし人に教えるなんて出来やしない。それでも、本物の七条の弟子というだけで、どこの門下に入るより箔《はく》が付く。だから葉月が本当に術者としてやっていくなら、このままこの子の弟子でいた方がいい。あたしじゃあ、守ってやれないんだ」

「……七条くん、私あなたがこんなに考えくれていたなんて、知らなかったわ。散々失礼なことを言って、ごめんなさい」

水瀬に頭を下げられ、気まずくなって頭をかいた。

俺は事実水瀬に何もしていない、名ばかりの師匠なのだ。やったことといえばただ情けない姿を見せただけ。やめて謝らないで俺が惨め。

水瀬が顔を上げると、怪訝《けげん》そうに眉を寄せた。

「でも、一体なんでこんな大事なことを隠していたのよ」

「……俺、自分の家嫌いなんだよね」

頬杖《ほおづえ》をついて、ちゃぶ台の上にあった婆《ばあ》さんが書いた書道のお手本をぱらぱらとめくった。水瀬が、ぱちりと目を丸くする。

「家業とかめんどくさいし、家が有名だって言っても面倒が増えるだけだし。それに俺は次男だからな。色々ビミョーなんだよ。まあ、それで変な気遣われるのも嫌いなんだけど」

「そう、だったの……。ごめんなさい、私、本当に失礼なことばかり言ったわ」

珍しく落ち込んだ様子の水瀬に、婆さんが優しく声をかけた。

「葉月は気にしないでいいんだよ。元はと言えばこの子が言わなかったのがいけないんだ」

「でも……」

水瀬が婆さんを見やった拍子に、さらりと耳にかかった髪が落ちた。露《あら》わになった水瀬の表情は相変わらずの無表情だったが、なぜだか悲しそうに見えて、俺の方が慌てた。

「水瀬、今まで通りにしてくれよ。変に気を遣われる方が困るって」

「……ええ」

水瀬の表情は変わらない。いや、ずっと変わらず無表情なのだが、なんだかいつもの元気がない、ように見える。どうすれば良いのか、女子のなぐさめ方など知るわけもなく、身動きすらできなくなった。気まずい沈黙の中、婆さんが壁のカレンダーを見て、思い出したというように声を上げた。

「ああ、和臣。次の三連休で、あっちの支部に行って葉月と免許を取っておいで」

「次の連休？　急だな」

ふと、重苦しい空気が霧散する。水瀬も、すでにカレンダーに目を移していた。

「葉月の実力ならもう充分普通の免許が取れるからね。それに、あんただ」

思わず婆さんの目線を辿《たど》るように後ろを振り向く。当然誰もいなかったので、自分の顔を指さした。婆さんが呆《あき》れたように頷《うなず》く。

「あんたの免許、そろそろ切れるだろ？」

免許が切れる。術の免許には期限があり、それぞれ数年ごとに更新が必要になってくる。更新といっても筆記テストと軽い講習ビデオを見るだけなのだが、初回更新だけは簡単な実技試験もあり、それが少々面倒という話だ。しかし、俺はまだ更新に行ったことがないので詳しくは知らない。そう、俺はまだ、免許の更新をしたことがなかった。

「え？　待ってくれ、切れるの？　俺の免許が？」

「ああ。今年の夏には切れるだろ？」

「やばい、忘れてた……」

ついこの前まで更新する気が全くなかったので、今更気がついた。まずい、このままでは水瀬の後見人欄が空白になる。

「ちょうどいいから葉月連れて更新に行ってきな。葉月も、夏までには免許を取っといた方がいいだろうからね」

「よし。水瀬、今度の連休免許取りに行くぞ」

水瀬は、俺の顔をチラリと見てから、いつもの無表情で口を開いた。

「免許は嬉しいのだけど、そんなにすぐ取れるものなのかしら？」

「特免はさすがに三日じゃ取れないけど、ただの免許なら二日で取れるぞ」

一般的な免許では使用が許可されている術が少ないためか、わりと簡単に取得できる。

確か試験も実技メインで、筆記はほとんど関係なかったような覚えがあった。

「おばあちゃん、札は自分で持っていくのかしら」

「ああ。それぐらいはね。他は何もいらないよ」

水瀬に優しく微笑《ほほえ》んだ婆さんは、一瞬でその笑顔を引っ込めてこちらを振り返った。

「和臣、あんたがきちんと葉月の分まで準備するんだよ！　自分の分も、面倒くさがらずにきちんと道具も持っていくんだ、いいね？」

「はーい」

俺の返事を聞いて、婆さんは顔のしわをさらに深くした。

「心配だねえ……。頼むから、問題だけは起こさないでおくれよ」

「任せとけって」

ただの免許更新で問題など起きるはずもない。心配性だなあと軽く笑えば、婆さんが深いため息をついた。その後疲れたような表情で、「暗くなる前に帰りなよ」と俺たちを残して部屋を出ていってしまった。

特にやることもないので、さっさと帰ろうと腰を浮かせたとき。

「ねえ」

「ん？　なんだ？」

「私のこと、水瀬って呼ばないで」

水瀬が、無表情のままじっと俺を見つめて言った。

「え？　急に？　……なんだ、いじめか？　俺はいじめには堂々と立ち向かうぞ」

「違うわよ。葉月って呼んで」

「へ？」

いきなり、何を。

俺の間抜けな声を聞いて、水瀬がパッとこちらから視線を逸《そ》らした。

「で、弟子なんだから、名前で呼んだっていいでしょ！　その代わり、私も和臣くんって呼ぶわ！」

「えーっと？」

一体何が起きているのか。あまりにも急なことに、頭が全くついて行かない。

水瀬が、無表情の顔の中で、ちょっとだけ口を曲げていた。

「なによ、ダメなの？」

「ダメではないけど……急に？」

「だっ、だって！　和臣くんがお家のことが嫌いって言うから！」

水瀬が斜め下を向きながら、怒ったような声で言った。

「……もしかして水瀬、俺が七条って呼ばれるの、嫌がってるって思ったのか？」

「……そうよ！」

髪からのぞく両耳だけが赤くなった水瀬が、ぎっと俺を睨《にら》みつけながら言う。この意味を、理解するのに少しだけ時間がかかった。

「ぷ。ふ、ふは、あははは！」

込み上げてくる笑いに耐えられず、思わず噴き出す。それに水瀬が弾《はじ》かれたように反応した。

「な、なによ！　だって、あなたのお友達もみんな、あなたを下の名前で呼ぶじゃない！　だ、だから、私だけ無神経だったのかしらって、気がついて……」

どんどんと尻すぼみになる水瀬に、さらに笑いが溢《あふ》れて止まらない。そんな俺を見て、水瀬の耳はさらに真っ赤になっていた。

「あはは、ひぃー、おもしろ、ふふ。あ、あいつらが、俺に気をつかって名前で呼んでるって？　はは！　まさか！　あいつらが『七条』って言わないのはな、『しちじょう』って、言いづらいからだ！　ひひ」

「え？」

「しちって、言いづらいだろ？　ふふ」

みんな嚙《か》むから俺のことを名前で呼ぶのだ。田中など七条、とまともに発音できたためしがない。

「そ、そんな理由なの？」

水瀬の整った瞳がぱちくりと瞬《まばた》く。面白い、実はものすごく面白いぞこの人。

「そ、そう、あは、ははは！　まあ、昔は苗字《みょうじ》にも色々思ったりしたけど。ふふ。さすがにもう何も思わないよ、ひぃ」

「なによ、そんなに笑って。どうせ私はバカよ」

ちゃぶ台の向かい側で、拗《す》ねたように言った水瀬の隣に移動する。水瀬の顔を正面からのぞき込んだ。

「ははは！　ありがとな、葉月！」

「……なによ、ニヤニヤしちゃって」

「だってな、葉月が良《い》い奴だから」

「……変な気、遣っちゃったのに？」

葉月が上目遣いで、恨めしそうにじろりと睨んでくる。それすらもおかしくてたまらなかった。

「だって、気の遣い方不器用過ぎるだろ。はは、葉月って可愛《かわい》いんだな！」

「なっ!!」

びく、と目がこぼれ落ちそうなほど丸くなった葉月の動きが一瞬止まって、すぐに動き出した。

「な、何言ってるのよ！　あなたバカでしょ、おバカなんでしょ！」

「あははは！」

葉月は声にならない声を喉の奥から出しながら、真っ赤な耳のまま、力いっぱいばしんっと俺の背中を叩《たた》いた。

めちゃくちゃに痛かったが、笑いは止まらなかった。

「……なによ」

　くつくつと喉で笑いを抑えながら、葉月に声をかける。

「俺、葉月のことは葉月って呼ぶから、葉月は俺のこと和臣って呼んでよ」

「バカにして！」

「してないよ、ははは！　ほら、呼んでみてくれよ！」

　水瀬はもうはっきりとわかるほどに口をへの字に曲げて、何度も口を開けては息を呑《の》み込んでいた。しばらくしてやっと、いかにも怒っています、といった声が上がる。

「ばかずおみ」

「俺の名前は和臣だ、ひひ」

「和臣くん！」

　今度は嚙み付くように呼ばれた。だが、それすらも面白い。

「和臣くんじゃなくて、和臣、でいいよ」

「……和臣」

「あははは！　本当に面白いな！」

　もう何も話さなくなった、真っ赤な耳の葉月に背中を叩かれ続ける。

　婆さんの家から出たのは、もう日が沈みかけた時だった。

One more chance, one more world

家が嫌いだった。

この家から離れれば、この学校から離れれば、ここから離れれば。きっと、私はもっと上手《うま》くやれると思った。

なのに。

「……どうしてかしら」

一人暮らしのアパートの床が水浸しになっていて、玄関から靴下を脱いで中に入った。原因だった噴水のように水を吐き出す洗濯機の、上にある蛇口を捻《ひね》って水を止める。自分の呟《つぶや》きは誰にも届かず、ただ、実家と同じ洗剤の香りが鼻についた。

私は、もっと上手くやれると思っていた。

高校の特待生になれれば一人暮らしを許すと、親に約束を取り付けた時、もう全て上手くいくと思っていた。正直、どこの高校だろうと特待生になれるだけの成績ではあったし、前に出た陸上大会で名刺をもらっていた学校のスポーツ特待生の道もあった。私は絶対にこの家を出られる。ここから離れられる。そうしたら、全てうまくいく。

次はバレないようにすればいいのだ。私が変な子だと。

母にはもうバレた。中学の同級生にも、近所の人たちにも。

だからうまくいかない。だから母は私と話して泣くし、同級生たちは毎日私の一挙一動を共有し合う。女の子たちは不気味だと私をうとみ遠ざけた。男の子たちも私のことをおかしな奴だと嘲るのに、私の見た目だけには特有の欲を向ける。

ここから出れば、誰も私を知らないところへ行けば、もっとうまくできる。今度こそうまくやれる。はず、だったのに。

「壊れたわ」

何度ボタンを押しても動かなくなった洗濯機に、ため息をついた。

うまくいかない。そう認めてしまえば、何かがふつりと切れてしまいそうで、ただちょっと不良品の洗濯機に当たっただけだと首を振った。

一人暮らしをして初めて、私は自分が相当不器用だと気がついた。昨日電子レンジが爆発したのはポルターガイストだとしても、机以外になにもない部屋は、紛れもなく私のせいだった。引越し初日に組み立て途中のベッドの脚を折り、テレビと冷蔵庫のコンセントを引きちぎったことは、記憶に新しい。

でも、実家を出れば全てうまくいくはずだ。不良品の洗濯機のせいで、元々少なかった私服は全てダメになったが、落ち込む必要はない。休日に出かける予定もないので、服がなくても特に問題はないのだから。

「……っ」

気づきたくないことに気づいてしまいそうで、咄嗟《とっさ》にしゃがみ込んだ。水浸しの床が、はたはたと波打つ。

実家を出ればうまくいくはずだった。私はうまくやれるはずだった。

なのに、今私は一人、なにもできていない。

学校でも、相変わらずだった。バレていないはずなのに、なにもしていないはずなのに、男の子も女の子も、私の行動を見てはヒソヒソと話しだす。私に話しかけてくる人は皆、どこか紙のような笑みを顔に張り付けていた。

これでは、わかってしまう。なにが悪いのか、誰が悪いのか。

さっき。夜に一人で妖怪を追いかけて退治しているところを、クラスメイトの男の子に見られた。きっと明日には、学校中でおかしな子だと騒がれている。失敗したのだ、また。

ここを離れれば、うまくいくだろうか。もう一度、誰も私を知らない場所へ行けば、うまくやれるだろうか。

どこに行けば、うまくできるだろうか。

妖怪なんて見えなければよかった、と思うことがある。でも、見えないまま、なにもしないまま、誰か襲われたらと思うとどうしてもこの目は瞑《つぶ》れず、札を持ってかけだしてしまう。だってこれだけが、私が私を許せる、私がこの世界にいてもいいと思える、唯一の理由なのだから。


次の日は不良品の洗濯機を回収業者に出すのに手間取ってしまい、学校に行けなかった。

しかし逃げたと思われるのが嫌で、昨日のクラスメイト、七条《しちじょう》くんを探そうと家を出た。

変な子でも弱い子じゃないのと、誰かに言いたいだけな気もした。

だから。

「七条くんも視《み》えるの!?」

彼が、なんでもないように言った言葉で全てが変わった。

七条くんの後についていけば、今まで見えなかったもの、知らなかった人たちが、魔法のように現れる。私がいてもおかしくない場所があった。私のためのルールがあった。

視界が急に晴れたようで、今まで血が足りていなかったのではないかと思うほど、全身をめぐる熱があった。はじめて、男の子ともっと話がしたいと思った。

きっと七条くんは、私のことなんてなんとも思っていない。だから、私に何も望まない。

普通の女の子になれとも、不気味な話をやめろとも、体に触れさせろとも、言わなかった。

なんだか全部許された気分で、肩の力が抜けた。

もう一度。ここを離れれば、誰も私を知らない場所に行けば、私を隠し切れば。うまくやれただろうか。

わかっている。きっと、私はどこにいてもうまくやれないと、私が全部悪いのだと、とっくに自分でも気がついていた。でも、それならば。変われない私は、どこで息をすればいいの。

こっちにくれば、と。

突然、溺れるような悲しさの頭上から。

あくび交じりに気だるげに。きっと私がどんなに救われたかなんて考えもしないで、七条くんが、ひょいと丸ごと世界をくれた。

彼の世界は、広くて深くてまだよく見えないけれど。彼の隣は、息がしやすかった。

第四章　夜間の術使用は気をつけなければならない。◯か×か

とうとうやってきた、免許取得予定の三連休初日。

朝も早いというのに、駅前にはそこそこの人が集まっていた。

人混みの中で俺は、肩からかなり大きなボストンバッグをさげ、背中にもリュックを背負《しょ》って立っていた。どこへ旅行に行くんだという大荷物だが、ここに旅行へ行く時の楽しい気持ちは一切詰まっていない。あるのは眠気と面倒くささだけだ。

約束していた時間の少し前に、通学鞄を一つ持った葉月《はづき》がやってきた。休日だというのになぜか制服姿である。

「待たせてごめんなさい。荷物、一つ持つわ」

「大丈夫。それより、行こうか」

早くこの人混みから抜けたい一心で、改札の中へ歩き出そうとして。

「ねえ、私、まだ今日どこへ行くのか聞いてないのだけれど」

「あれ？　言ってなかったっけ？」

後ろを振り返って、もと来た方向、この地域にいればどこからでも見える、我が家の裏

山を指さした。

「山の向こう」

「え？」

「そこに総能《そうのう》のでっかい支部があるんだ。試験場もそこにある」

総能の支部といっても、婆《ばあ》さんの家のような自宅を兼ねた小さなものではない。きちんとした専用の施設として建設された、全国に九つしかない大きな支部だ。常に多くの総能職員によって運営されていて、免許の交付だけでなく、隊の宿舎や封印した妖怪を入れておく管理庫などの施設も併設している。

「ちなみに建物もめっちゃデカいぞ。俺は昔迷子になった！」

「威張ることではないわ」

「そして京都《きょうと》にある総能本部はもっとデカい。俺は結局呼ばれた部屋にたどり着けないまま帰ったことがある」

「本当に威張ることではないわね」

葉月は靴の中の小石を見る目で俺を見た。

「ところで、山の向こうまでって、電車でどれくらいかかるのかしら？」

「うーん、一時間くらいか？　ただ、電車が二時間に一本しかない。あと五分で出るから急ぐぞ」

「もっと焦りなさいよ！」

走り出した葉月に腕を引っ張られながらホームへ向かう。

俺達が電車に飛び乗った瞬間に、ぷしゅーとドアが閉まった。

「おお、ギリギリセーフ。葉月、足速いな」

「焦りなさいよ……」

電車内には俺達以外ほとんど人がいなかった。

それも二駅程でみんな降りてしまって、本当に二人きりになる。

「ねえ、試験ってどういうことをするの？」

「えー？　なんだっけな……」

俺が試験を受けたのはもう六年も前のことで、ほとんど記憶に残っていない。というか、当時色々あって自分で記憶から消した。

「筆記もあるのよね？」

「確か筆記は簡単だったような……。あ！　実技で雑魚の妖怪を退治させられた気がする！」

朧《おぼろ》げな記憶から無理やり捻《ひね》り出した答えを、若干の興奮とともに葉月に伝える。よくあんな苦い過去を思い出した、ナイス記憶力だ。

「それを倒せば合格なの？」

「流石《さすが》にそれだけじゃダメだけど、倒せなかったら不合格だな」

「そう……緊張するわ」

　葉月は表情を動かさなかったが、緊張のためか片手でそっと長い髪を押さえた。

「今日は他の受験者もいるから、自分と比べてみるといいよ。葉月は初心者とは思えないぐらい、相当ハイレベルだってわかるから」

「あら、やけに褒めるじゃない。何か拾って食べたの？」

「俺だって普通に褒めるよ……今までだって褒めてたじゃん……」

　俺のことなんだと思ってるんだ。どちらかというと褒めて伸ばすタイプだよ。

「冗談よ。……か、和臣《かずおみ》、がそこまで言うなら、もう少しリラックスして受けてみようかしら」

「それがいい。大事なのは気の持ち方だから」

　葉月が急にこちらを見なくなったが、初めての試験だし多少の緊張は仕方ないかと、そっとしておくことにした。

　一時間ほど電車に揺られ、改札も駅員もいない無人駅へと降りた。あたりには自販機すらなく、駅前の地面だけがコンクリートで舗装され、両脇に広がる田んぼの中にはまっすぐに砂利道が続く。背後で葉月が物珍しそうにベンチが一つ置いてあるだけの駅のホームを見ている。ぽつんと立つ寂れた街灯は、きっと夜になってもあまり明るくないのだろうと想像がついた。田んぼばかりで民家もないし、車もなければ人もいない。田舎というにも寂しすぎる一本道を、ひたすら歩くこと三十分。

「和臣、どこまで歩くの？」

「たぶんもうすぐ……」

正直に言って、俺は疲れていた。

最近急に暑くなり始め、少し歩いただけで汗が出る。隣を歩く葉月は一滴の汗も流していないが、暑いったら暑いのだ。これでまだ夏ではないのなら、夏は一体どうなってしまうのか。たぶん俺は溶ける。

今は一刻も早く室内で休みたいと、無理やり重たい足を進めた。

「あ。ついた」

突然ひらけた目の前に現れたのは、恐ろしいほど長い白い塀。その奥には、七階建てらしい巨大なコンクリートの建物が見えた。

学校の校舎よりも大きいこの建物は、まるで紙箱のように装飾がなかった。この裏には運動場や武道館、宿舎もあるはずなのだが、塀に隠れてしまって全く見えない。唯一、入り口横の掲示板に貼られた、ゆかりんが札を適正に使用するよう推奨しているポスターだけが、ここが総能の施設であると主張していた。

俺の隣で足を止めた葉月が、無表情で終わりの見えない塀を見上げている。

「本当に大きいのね」

「迷子になるなよ。俺も助けられないからな」

「気をつけるわ」

ガラス張りの自動ドアをくぐり中に入ってすぐ、この世の絶望を見て思わず足がすくんだ。

「なっ……！」

わなわなと、自分の手が震えている。それに気がついた葉月が、後ろから相変わらずの無表情で俺の顔をのぞき込んできた。

「ちょっと、急に立ち止まらないでちょうだい」

「こんなことってあるか？　俺は、俺はどうしたらいいんだ……！」

あまりの残酷さに、思わず胸を押さえてぎゅ、と目を閉じた。本当なら今すぐにでも泣きわめきたいが、それすらもできないほどの絶望が俺の心を支配していた。葉月が困惑したように眉を寄せる。

「な、なによ。急にどうしたのよ」

「葉月、どうやら俺はここまでのようだ。頑張って免許を取ってくれ。俺は、もうダメだ……」

震える声で言うと、葉月の手が焦ったように肩に乗った。そのまま強く揺さぶられる。

人を心配しているにしてはだいぶ力が強いが、葉月の顔は至って真剣だった。

「どうしたのよ！　ねえ、大丈夫なの⁉」

「大丈夫ではない」

「な、なにが……？」

葉月の不安気に揺らぐ目を、まっすぐ見つめ返す。俺の口から出たのは、なんともか細い声だった。

「ここ冷房入ってないじゃん……。暑すぎ、俺もう帰る……」

葉月は無言で俺のスネを蹴った。

そして、萎《しな》びたほうれん草を見る目で俺を見た。

「しっかりしなさいよ」

「ごめんなさい……」

恐ろしいほど冷たい声で言われ、涙を堪《こら》えながら受付に向かう。俺たちの一連のやり取りを見ていただろうににこやかな笑顔のままの、黒いブラウスを着た受付のお姉さんに声をかけた。

「すいません、ここって冷房」

ごちんっ、と葉月の蹴りがまたスネに入った。

物理的に涙を呑《の》んで、何事もなかったように微笑《ほほえ》んでいるお姉さんに聞き直す。

「すみません、免許を取りたいんですけど」

「はい。普通能力使用免許でよろしいですか？」

「それです。あの、取るのはこの子なんですけど」

葉月を手で示せば、お姉さんは相変わらず完璧な笑顔で頷《うなず》いてくれた。

「もちろん、大丈夫ですよ。では、必要書類に記入をお願いします。それから、登録カードか身分証をお預かりします」

葉月がお姉さんにカードを渡して、書類に記入していく。書類は細かい文字ばかりで、見ているだけで気が滅入《めい》った。

「……あ。あと俺の免許の更新もお願いします」

自分もこの書類を書かなければならないのかと、お姉さんに向き直った。

「はい。こちらも普通免許でしょうか？」

「いえ、特免《とくめん》で」

「ええっと、すみません。どちらの方が？」

笑顔のお姉さんが、キョロキョロとあたりを見回す。

「俺です」

「……ええと、特殊能力及び技能使用免許の更新ですか？」

「そうです」

困ったように笑っていつまでも書類をくれないお姉さんに、財布から取り出した自分の免許を差し出した。

「これの更新で」

「え……ほ、本物!? 少々お待ちください！」

お姉さんはそう言うと、笑顔をなくしてぴゃっと奥へ引っ込んでしまった。まさか。

「……冷房、つけてくれるのか!?」

なんて優しく気配りのできるお姉さんなんだ。これがプロの受付の対応力か。

「和臣、あなたおバカなんでしょ」

葉月が記入中の書類から目を離さずに言った。

今度こそ、気温よりアツい涙が零《こぼ》れた。


少しの間を置いて、奥から受付のお姉さんが戻って来た。

なぜかでっぷりと太ったスーツのおじさんも一緒に出て来た。これはなんの気配りですかお姉さん。

「いやはやいやはや！ 大変申し訳ありません！ まさか七条様がいらっしゃっているとは！」

でっぷりとしたおっさんはやけに大きな声で、この広い受付に響くように言った。面倒なことになったかもしれないと、頭をかく。

「まさか、最年少取得者様が来るとは思いませんで、確認に時間がかかってしまいましたよ！　大変失礼いたしました！　……それで、大変申し訳ないのですが、免許更新の試験は受けていただきたく……」

「そりゃ受けますけど」

俺をなんだと思ってるんだ。不正を強要するようなことはしてないぞ。

「これはこれは！　ありがとうございます！」

当たり前のことに、おっさんは大袈裟《おおげさ》に喜んでみせた。はやくこの場を離れたい一心で、おっさんの後ろに立っているお姉さんに声をかける。

「じゃあ、書類を」

「七条《しちじょう》様は、七条孝臣《たかおみ》隊長の弟様でいらっしゃいますよね？」

俺の言葉を遮るように、おっさんが話しかけてくる。お姉さんはサッと俺から目をそらし、おっさんの陰に隠れてしまった。その両方にうんざりしながら、おっさんの言葉にボソボソと不明瞭な声で返事をする。

「……はあ、まあ」

「我々一同、七条隊長と七条家には日頃から、本当にお世話になっておりまして！　弟様には、ぜひ一度お会いしたかったんですよ！」

面倒だ、とあからさまな表情をしてみせてもおっさんのぎらつく目が離れなくて、諦めて床に目線を落とした。

「わたくし、八鏡《やかがみ》支部長の平田《ひらた》と申します。どうかお見知りおきを」

「……はあ」

めんどくさい。

「七条隊長の弟様と言えば、稀代《きたい》の天才として有名でいらっしゃる！　ぜひ八鏡支部でのお仕事もお考えください。ああ、でも今後はお兄様のいらっしゃる第七隊にお入りになる予定でしょうか？」

「……いえ」

めんどう、くさい。

「やはりそうですか！　それほどのご実力であれば、お兄様の代わりに本家を」

だんっと音がした。

見れば、俺が机に握りしめた拳を振り下ろしていた。全ての受付から音が消え、空気が凍りつく。痛いほどの視線を受けながら、小さく言った。

「……すみません。試験、受けさせてください」

「え、ええ！　もちろんでございます！　では、私はこれで……」

おっさんは、大慌てで奥へと引っ込んでしまった。残されたお姉さんが、震える手で書類をくれた。

痛い沈黙の中、黙って書類に記入をしていく。

あーあ、やっちまったよ。

「和臣」

「ん？」

物に当たってしまった反省と、まだ試験も始まっていないのに悪目立ちしたことで半泣きになっていると、今までずっと黙っていた葉月が声をかけてきた。先ほどの騒ぎが嘘《うそ》のような無表情に、ほんの少し救われる。

「ここ、後見人のサインが必要なの」

「ああ、はい」

差し出された書類にサインをして、自分の分の書類と一緒に受付のお姉さんに提出した。お姉さんはもうずっと笑顔などなく、下を向いている。

「ふ、普通免許の方は十一時より筆記の試験です！　試験場は三階のB11室です。そ、そして、七条様は、十時三十分より筆記試験になります！　し、試験場は四階のC7室です！」

もう泣きそうなお姉さんから受験者カードを受け取って、早足で奥の階段へ向かった。

「和臣」

「言っとくけど、俺もB11室ってどこか分からないぞ。それから、C7もどこかわからん！」

「威張ることではないわ」

えっへん、と胸を張って答えても、葉月はくすりともしなかった。

「ねえ、大丈夫？」

「まあ、最後にはなんとかたどり着けるだろ。自分を信じようぜ」

「そっちじゃないわ。私、ああいう媚《こ》びの売り方嫌いよ」

無表情なのになんだか不機嫌そうな葉月の様子に、自然と少し笑いが漏れた。

「同感。まあ、あとは試験受けて帰るだけだから大丈夫だろ」

「そう、それならいいのよ」

表情は変わらないが、葉月は少し満足そうに息を吐いた。そのままスタスタと階段を上がっていく背中に声をかける。

「なあ、昼飯どうする？　お互い午後も試験だし、ここの食堂で一緒に食おうぜ！」

「あら、いいわね」

「じゃあ、終わったら食堂に集合で。試験頑張ってな！」

葉月に手を振って別れて、自分の試験場を目指した。

とりあえず四階までは来たが、試験場がどこかはさっぱり分からない。ぐるりとあたりを見回せば、廊下の先を、ダボついた黒いTシャツとズボン姿の女の子が歩いているのが見えた。

この階にいるということは、おそらく同じ受験者だろう。他の受験者たちが見当たらないのが気になったが、早足で進むその子の後を、急いで追いかけた。

「C7試験場はこちらでーす！　試験開始十分前ですので、急いで着席してくださーい！」

廊下を曲がれば、試験係の腕章をつけたスーツの男性が立っていた。慌ててその人に従って部屋に入る。先ほどの女の子は、隣の部屋に入っていった。

そして、あっという間に筆記試験開始。

なぜ能力の使用免許なのに数学の試験があるのか。

続く国語の問題も終えれば、やっと術者らしい質問が始まった。「夜間の術使用は気をつけなければならない。◯か×か」、特免受験者も舐《な》められたものだ、◯に決まっている。

合計二時間三十分もあった筆記試験を終えて、指示に従って試験部屋から出た。葉月と約束した食堂に行こうとして、ふと気づく。

「ここはどこだ？」

食堂は一階の、こことは別の建物にある。しかし、ここからどうやってその建物に行けば良いのか、ここから受付までの道すらわからない俺には全く見当もつかない。

どうにかならないかとその場をうろうろしていると、他の受験者から遅れるようにして、隣の部屋からあの女の子がまた現れた。もうこの際受付に戻れさえすればいい、とその子の後をついていくことにした。階段を降りて、角を曲がったその子を見失わないようにと、小走りで追いかければ。

「あ、すげえ。食堂着いた」

運がいいことに女の子の行き先も同じだったようで、目の前に食堂があった。

小さくガッツポーズを決めていると、目の前でくるり、と女の子が振り返って、ツカツカと俺に向かって来た。

「ちょっと！　あんた！」

「え？」

女の子のきんと高い声が耳に刺さる。女の子は俺より背が低いので、下から俺を睨《にら》みつけていた。

「あんた、ストーカー？　さっきからずっと私の後をつけて来て！」

「え……え、ちょっと、え？」

「あんまりしつこいと警察呼ぶから！」

「いや、あの、え？　マジ？」

女の子のあまりの剣幕に後退《あとずさ》りしながら、何度も何度も女の子の顔を見る。無意味な言葉ばかりの俺を急《せ》かすように、ダボついたズボンを穿《は》いた女の子の右足が、だん、と大きな音を立てて床を蹴った。しかし俺の思考は、さっきからずっと止まったままだ。言いたい言葉はたった一つなのに、それがなかなか音にならない。

「なによ！　言い訳があるならハッキリ言いなさいよね！」

「……ゆかりん？」

「なに⁉」

目を三角にして怒っている女の子は、つい先日もテレビで目にした、天才術者アイドル兼大食いアイドル、ゆかりんだった。いつもテレビなどではサイドで高めに結ってある少し明るく染めた茶髪を、今は低い位置でひとつに括《くく》っている。勝気そうなぱっちりとした瞳に、少し小さめな口。想像していたより背は小さかった。

脳の色々なところを経由した思考が、やっとこれが現実だと結論づける。その瞬間、心臓が跳ね全身の温度が上がった。

「ゆかりんだ！」

「和臣！」

本物のゆかりんにファンとして興奮していると、食堂の中から慌てたように葉月が走ってきた。この興奮を共有しようと、葉月に前のめりで話しかける。

「葉月、ゆかりんだ！　本物だ！　ほら、教科書の表紙の！」

「和臣、あなたとても目立っているわよ！」

ゆかりんが、ゆっくりと葉月の方へ目をやった。メディアで見るのは元気で純粋な笑顔ばかりだが、今は眉間に深い皺《しわ》ができ口は嫌そうに歪《ゆが》んでいる。

「ちょっと、この人あんたの彼氏？　ずっと私の後つけて来て気持ち悪いんだけど！」

「彼氏なわけないでしょ！　失礼ね！」

俺の心は死んだ。

二人のかわいい女子にここまで言われて無事な人間はいない。俺が彼氏だと失礼なのか。涙が出る。

ゆかりんの言葉にパッと俺から距離をとった葉月が、俺を見下すように顎をあげ、氷のような声で言った。

「和臣、あなた最低ね。いくらファンでもストーカーだなんて」

「……違うんです……。どこに行けばいいのか分からなくて……とりあえず、前にいた人について行っただけなんです……」

相変わらず腕を組んだ葉月に見おろされながら、我ながらか細い声で必死に弁明する。

しかし、葉月は一ミリも信じていないといったような顔だ。

「和臣、正直に言いなさい」

「本当です……。ゆかりんって気づいたのも今です……」

もはや溢《あふ》れる涙で前が見えない。ひぃん。

「……本当なの？」

「ホント……」

本格的に涙が止まらなくなってきた俺を見た葉月が、腕を組むのをやめてくるっとゆかりんの方へ体を向けた。

「あの、ごめんなさい。この人が気持ち悪いのは認めるけど、悪気があった訳ではないのよ。ちょっと迷子になってただけみたいなの」

「……まあ、確かに嘘をついてる風でもないしね。今回だけは見逃してあげる」

気持ち悪いのは認められたし嘘をついていないと納得もされた。俺は何を信じて生きていけばいいんだ。

「私は水瀬《みなせ》葉月よ。あなたは、ゆかりん、だったかしら？」

「そ。本名は町田《まちだ》ゆかり。そっちは？」

ゆかりんがくいっと俺を見やる。

「……七条和臣です。気持ち悪くてすいません」

俺のメンタルはもうボロボロだ。

あと一撃で死ぬ。物理的に。優しくしてくれ。

未《いま》だ泣《な》き止《や》まぬ俺を見て、ゆかりんがふうと息を吐いて腰に手を当てた。

「そんなに落ち込まなくていいわよ。こっちも言い過ぎたし。あんた、迷子だっただけなんでしょ？」

「……はい」

「じゃあ、この話は終わり！　ねえ、これから時間あるならここで一緒にご飯食べない？」

ぱんと手を打ったゆかりん。葉月が「ご一緒させてもらうわ」と言うと、ゆかりんは軽く右の口角だけを上げて笑った。

いつの間にか、憧れのアイドルゆかりんとご飯を食べることになっている。

少しメンタルが回復する。俺はこの思い出だけでしばらく生きていける。

「お詫《わ》びに、和臣が奢《おご》るわ」

「わ、嬉《うれ》しい。いっぱい食べちゃお！」

ゆかりんの完璧なアイドルスマイルが見られたのは良かったが、大食いアイドルを相手にすることになった俺の財布の命はもう長くないだろう。さようなら今月の小遣い。

食堂の中はそこそこの人で混雑していて、どうにか空席を見つけて腰を下ろした。葉月はゆかりんの隣に座るかと思ったが、ごく自然に俺の隣にトレーを置いた。三人で特に会話もないまま食事が進み、ゆかりんが平然と四皿目のカレーライスを食べ終えた頃、ふとスプーンを止めた。

「そういえば、あんたたち二人はどういう関係なの？　同じ塾で術習ってるとか？」

「師匠と弟子よ」

「師匠……？」

ゆかりんが怪訝《けげん》そうに俺の頭から指先までを見回す。憧れのアイドルに観察されてしまった、照れる。

「二人ともどこの門下なの？　ここの試験場ってことは七条家？」

「門下ではないの。和臣個人の弟子よ」

「個人の……？　ねえ、あんたも特免取りに来たんでしょ？」

目の前に本物のアイドルがいて、さらに俺に話しかけている。当然ガチゴチに緊張しながら答えた。

「お、俺は免許更新に来たんです」

「へ？　更新って、だってあの階は特免の……待って、あんた、七条家の和臣って言った？　しちじょう、かずお……、って最年少記録の!?」

俺を指差し口をあんぐり開けているゆかりんに、一応、と頷《うなず》いてみせる。ゆかりんはまだあんぐり口を開けたままだったが、さすがアイドルそれすら可愛《かわい》い。

「嘘《うそ》でしょ……本当に会っちゃった……」

突然下を向いて何かぶつぶつ呟《つぶや》いたゆかりんは、すっくとその場に立ち上がった。

「七条和臣!!　私があんたに勝つ！」

「はい？」

突然の大声に、隣の葉月も怪訝な顔をしている。

ゆかりんは立ち上がったまま、びしっと俺を指さした。

「七条家の天才術者、七条和臣！　三条《みじょう》家が門下、町田ゆかりがあんたに勝つ！　そして、三条の時代を築く！」

続いてキメ顔。

俺は思わず拍手をおくり、葉月もつられて拍手していた。さすがアイドル。

元々騒がしかった食堂は一瞬静寂に包まれ、その後すぐにざわめきが支配した。誰かが、「三条の広告塔だ」とささやけば、また違う誰かが「バカ、町田といったら三条門下の筆頭だぞ。本物の実力者だ」と答える。食堂のいたるところで、「若手の中で実力が頭ひとつ抜けている」「三条の秘蔵《ひぞう》っ子《こ》」などの声が上がっていた。さすが天才術者アイドル、術者としても有名である。

「ところでゆかりん。俺に勝つってなに？」

先ほどからずっと、キメ顔のまま俺を指差しているゆかりんに聞いた。ゆかりんはこちらを差す指はそのままに、胸を張って答えてくれた。

「午後の実技試験、私が勝つ！」

「おお、頑張ってくれ！　俺ゆかりんのファンなんだ！」

思わず応援してしまう。なぜなら俺はファンだからだ。

「え、そうなの？　じゃあ後でサインをあげるわ！」

「やったー!!」

ゆかりんの言葉に両手をあげて喜ぶ。ここの売店に色紙はあっただろうか、今すぐ買ってこなくては。

「この二人、おバカなのかしら……？」

葉月が芽が出なかった朝顔を見る目で俺達を見た。

「じゃ、また試験場で会いましょう！　絶対に勝ぁーつっ!!」

ゆかりんは大声で宣言してから、キメ顔で去って行ってしまった。

キメ顔のゆかりんが通るたび、近くに座った食堂の利用者たちはさっと目を逸《そ》らしていた。

「ねえ和臣、あなたわざと試験で負ける気なの？」

「あのな葉月、そもそも実技試験って人と戦うわけでも点数でるわけでもないから、勝ち負けなんてないんだ。でも、ゆかりんが勝つって言ったんだから、勝つんだよ」

「意味不明ね」

ゆかりんがいなくなりまた騒がしくなった食堂を出て、葉月に家から持ってきたポストンバッグを差し出した。

「はいこれ、袴《はかま》。姉貴のお下がりだけど、足袋とかは新しいやつだから」

「あら、午後の試験は袴を着なくちゃいけないの？」

「絶対って決まりはないけど、たぶんみんな着てくるだろうな。あ、札の入れ物も持ってきたぞ。術者に憧れる人は絶対買うやつ」

ちなみに俺は札入れなんて一つも持っていない。そもそも札など持ち歩かないし、持ち歩くとしてもそのままポケットに入れる。多少ぐしゃぐしゃになっても気にならないからだ。

ボストンバッグの中をじっとのぞいていた葉月が、ゆっくりと顔を上げる。

「ねえ和臣。私、袴を着たことがないの」

「へぇ」

今どきの若者で袴など日常的に着る方が珍しいだろう。しかし、それが一体どうしたと言うのか。

「着方がわからないわ」

「え」

「どうしたらいいのかしら？」

「ゆかりーーん!!　戻って来てー!!」

先ほど去っていったゆかりんを呼び戻し、葉月に袴を着せてもらうよう頼んだ。初めはそれぐらい自分でやりなさいよと渋っていたゆかりんだったが、自販機のジュースをあげたらにこにこして頼まれてくれた。こんなにチョロくていいのか天才術者アイドル。

ゆかりんと葉月が女子更衣室に入ってしばらくして、ドヤ顔のゆかりんと袴姿の葉月が出てきた。ゆかりんが葉月に向かって胸を張る。

「どう？　完璧でしょ！」

「町田さん、ありがとう。助かったわ」

「気にしないで、ジュースもらったし！」

葉月は女子にしては背が高く手足も長くスラッとしているので、袴がとても似合っていた。背筋も伸びていて、まるで着物カタログのモデルのような出立《いでた》ちだ。俺がジロジロと全身を見ていることに気がついたのか、葉月とぱちりと目が合った。しかしすぐに視線が外され、代わりに小さな声が向けられた。

「……へ、変かしら？」

「いや、サイズ良さそうだなと思って」

葉月はきょとんと目を丸くした後、「ええ、ピッタリよ」とどこか安心したように言った。

試験場が異なる葉月とはそこで別れて、俺も袴に着替えようと更衣室へ入った。

自分が昔着ていたものはとっくに小さくなっていたので、兄が高校生の時に着ていたものを拝借してきたのだが、着てみたら少し大きかった。イラついたのでたすき掛けにして誤魔化しておく。次に、布と紙の札を何枚か直接胸元に突っ込んだ。

そして、これは七条家の術者だけの装備である手袋。ここで大問題。入らない。

この手袋、俺が小学校の時のものだった。

入るわけがない。

「えー……。直接はめるのー……？」

嫌々、これも我が家の術者しか使わない銀色の指環《ゆびわ》を指にはめようとした。

ここで大問題。入らない。

この指環、俺が小学校の時のものだった。

入るわけがない。

「ま、まじか。なしでもいいかな？」

良《い》いわけがないので、無理やり両手の小指と薬指にだけ他の指用のものをはめた。

もし誰かに何か言われたら、これが俺流ですという感じで乗り切ろうと思う。こだわりが強い職人みたいな顔して立っていよう。

どう頑張っても入らなかった残りの六つの指環をロッカーへしまい、他の受験者の後を追うようにして試験場へ向かった。

　特免の実技試験は数日に分けて行われる。これから受ける試験は、運動場の奥に見える武道館で行うらしい。どこか汗の匂いがする、板張りの床が光る室内へ入れば、先に中にいたゆかりんがこちらを見るなりかけ寄ってきた。

「やっときたわね七条和臣！　たすき掛けなんてして、本気ってわけね！」

「ゆかりんこそ、気合い入って……」

　言葉の途中で口が塞がらなくなる。

　目の前のゆかりんは髪を高い位置で一つに結って、俺と同じようにたすき掛けをしていた。

　しかしここで大問題。ゆかりんの袴がなにかおかしい。

　丈が短すぎるのだ。ショートパンツ程の丈しかない袴に、腰のあたりから前が開いたスカートのような布が付いている。

　どうしてもむき出しの脚に目線が吸い寄せられる。不可抗力だ。

「ふっふっふ！　恐れ入ったかしら？　私は三条の門下の中でも、特に脚に自信があるの！」

　俺の目線に気がついて、ドヤ顔で腰に手を当てたゆかりん。

　おいおい。三条、どんな教育してるんだ。

あんたが優勝だよ。俺も門下に入れてくれ。

「七条の糸も、楽しみにしてるわ！」

ゆかりんがそう言ったタイミングで、武道館に試験官の腕章をした男たちが入ってきた。

「実技試験を始めまーす！　番号順に並んでくださーい！」

ゆかりんを含め全ての受験者が整列していく。ここにいる受験者は二十九人、対する試験官は十人だ。

俺に渡された受験番号は二十九番で、一列に並んだ受験者の中では最後尾だった。ゆかりんは列の真ん中ぐらいに並んでいたので、番号は十五番あたりだろうか。

受験者全員の番号と顔を確認し終えた試験官が、手元の資料を見ながら声を張った。

「では、試験の説明を始めます！　今回の実技試験は、こちらで用意した人形を破壊、または行動不能にしてください。特殊技能、能力がある方はできる限りそちらを使用してください。ただし、過剰な攻撃は控えてください」

試験官の開始の言葉と共に、受験者が三人ずつ前に出て、それぞれに用意された人形に向かって術をかけた。人形はシンプルなマネキンのような見た目で、顔もなく色もない。

ただ、動きだけはやけに人間じみていて不気味だった。受験者の術を受けても傷ひとつなく動きを止めない人形から目を逸らし、列の中央にいるゆかりんへと目線をずらした。

ここで問題発生。ゆかりんの前に並んでいる男、見覚えがある。七条《ウチ》の門下生だ。その男はウチの基本スタイルに忠実に、両手に黒い手袋をつけ、全ての指の根元に銀色の指環をはめている。

まずい。このままだとあの男と比べられ、俺がちゃんとやっていない雰囲気が出る。これはまずい。何とかしてあの人に手袋と指環を外してもらわなければ。

「では、次の方ー！」

とにかく何か起きろと念じるだけでなにもできないまま、試験はどんどん進んでいく。

とうとうその男とゆかりんの番になってしまった。

そんな中、俺の心は静かに落ち着いていた。まるで凪《な》いだ海のよう。

ここまで来てはもはやどうすることも出来ない。かくなる上は俺は七条の人間ではないという感じで行こう。うん、ちょっと七条に憧れて真似《まね》しちゃいましたって感じでいこう。

無関係の人間を演じ切ってやろう。

「七条和臣ー！　見てなさーい！」

いきなりゆかりんが俺を振り返って、大声で叫んだ。

その声に反応した門下生が目を見開き勢いよく俺を見て、慌てたように頭を下げてくる。

他の受験者も何事かと俺を見ていた。

やめてくれ、俺は七条に憧れてちょっと真似しちゃった感じの人なんだ。本物感を出さないでくれ、注目しないでくれ。見てわかる通り適当な準備しかしてきていないんだ。

そんなことを考えているうちに、ゆかりん達の試験が始まる。

うちの門下生の男は静かに腕を上げ、内側にぐっと曲げた。少し間を開けてスパンッと目の前の人形が細切れになる。

なんだあの人めちゃくちゃ上手じゃん。もうあの人が七条和臣でいいじゃん。こんな俺のことは忘れてくれないか。

「へえ。七条の糸もやるじゃない」

ゆかりんはニヤッと笑って、手に持っていた何かをぽいっと目の前に放《ほう》った。

短い袴を穿《は》いた右脚が、腰ごと捻《ひね》って斜め後ろに引かれる。そして、次の瞬間。

右脚はとんでもない速さで蹴り抜かれ、先ほど放った何かが消えた。

その時、腰についた前開きのスカートのような布が邪魔で、後ろからだと脚がよく見えなかった。

あの布作ったの誰だよ。実刑判決だ。

煮えたぎる意識の端で、ばきゃんっ、と聞いたこともない音がして、気がつけばゆかりんの前の人形の半身が吹き飛んでいた。

ゆっくりと蹴り抜いた足を戻すゆかりんの元に、てんってんっ……、と転がってきたのは、美しい真紅の鞠《まり》だった。

「あ。そう言えば三条って蹴鞠《けまり》のとこか」

思わずぽん、と手を打った。

三条は、蹴鞠で有名なのだ。

こっちの世界では名の知れた、一条《いちじょう》から九条《くじょう》までの九つの家には、それぞれ家ごとに得意とする武器や、術がある。例えば、一条は刀、三条は蹴鞠、七条は糸だ。

「どう？　これで私の勝ちはほぼ確実ね！」

ドヤ顔のゆかりんが、鞠を脇に抱えて目の前までやってきた。

歩くたびに、ショートパンツほどしかない袴がゆかりんのすらっとした太ももの上で揺れる。

前から見るとやっぱりとんでもない格好だ。この服を考えた人にノーベル平和賞を。

「あの……和臣様、ですよね？　私、門下生の佐藤《さとう》です！　試験、ご一緒できて光栄です！　今日は勉強させていただきます！」

ゆかりんに目と意識が向き過ぎて気がつかなかったが、いつの間にか目の前に先程の門下生がいて頭を下げていた。

自分の兄よりも年上の人に頭を下げられるなんて落ち着かない、というか、やめてくれ。俺は七条和臣ではない。ちょっと真似しちゃった人だ。そんな偽物に頭を下げて目立たないでくれ。

「……あれ、和臣様！　その手！」

門下生が頭を下げた拍子に、ほぼ素手に近い俺の手を見つけて目を開く。まずい。見つかった。思わず両手を背中に隠しながら一歩後ずさった。

「こ、これはですね！」

「どうなさったんですか！　手袋もないですし、指環も二つずつしかないじゃないですか！　ん？　よく見たら、この指環も違う指用のですよね!?」

全て、余すところなく粗を見つけられた。

もう終わったな。面倒くさくなってきたし、指環なんて外して普通の術だけで挑もうか。

パチもん七条くんはここで終了だ。

「和臣様、特殊技能と能力の確認試験なのに……本当に、どうなさったんですか？」

門下生の人が、ただただ心配そうに聞いてくる。

ゆかりんはその隣で怪訝《けげん》そうに俺を見てくる。他の受験者の注目もこれ以上ないほど集まっていた。

もう、俺のメンタルは、限界だった。

「大丈夫だ!!　二個でもちゃんと糸は操れるし、素手でも問題ない！」

ヤケクソで、大声で言い張った。

すると、何を思ったのか門下生の人が急に深く腰を折って頭を下げた。

「勉強になります!!」

勉強しないでくれ。頼む。

「次の方ー！」

試験官に呼ばれ、前に出る。とうとう俺の番が来てしまった。

ゆかりんの鋭い視線と、門下生のキラキラとした視線を受けながら、人形を前にする。

正直もう帰りたい。お腹《なか》が痛い気がするので帰っていいですか。

「始めてください！」

合図とともに、だらんと下げたままの右手の薬指をほんの少しだけ動かす。

同時に、ことり、と静かに人形の首が落ちた。

「さ、流石《さすが》です！　勉強になります！」

背後でまた、がばっと門下生が頭を下げるのを感じた。だから勉強しないでくれ。

今のは、この状況でできる最もかっこいい動きを考え抜いて、もはや一周回って動かないことが一番かっこいいのではないかという結論に至った結果だ。かっこいいってなんだっけ。

冷や汗を拭いて列に戻ると、首を落とした人形がばらばらと砂のように崩れ落ちた。

まずい、やっぱりきちんと操れてなかった。

過剰攻撃に判断されたらどうしよう。ここまで来て不合格にされたらたまったもんじゃないぞ、と戦々恐々としていると。

「べ、勉強になります!!」

だから、お願いだから勉強しないでくれ。

あんたみたいにきちんと装備をして、しっかり制御した方がいいに決まってるだろ。今の俺に良《い》いとこなんてひとつもないからな。

そんな俺を門下生の隣で仁王立ちして睨《にら》みつけていたゆかりんが、ぷいとそっぽをむいた。

「ふ、ふん。まあ、今回は引き分けってところね！　決着は明日の試験でつけるわよ！」

最後にいきなりゆかりんの顔がまたこちらに向き、びしっと指をさされる。

しかしどうしてもむき出しの脚に目がいく。女子はみんなこの格好にするべきだ。世界平和のために。

俺が恒久の平和を願っている間に、試験官の一人が声を上げた。

「では、本日の試験は終了です！　明日は引き続き、実技試験を行います。明日の試験で合格された方のみ、最終試験である夏の実地試験に向かうことができます。免許更新の方は、実地試験はありません。明日の試験で終了となります。それでは、明日も受験カードを忘れずにお持ちください」

一斉に更衣室へと向かう受験者たちの流れに流されながら、とんでもない疲労感と共に洋服に着替えて葉月の待つ受付に向かった。

小一時間電車に揺られさらにバスに乗り、やっとの思いで帰宅すれば、どうしてか今日のパチモン七条事件を知っていた姉にこっぴどく叱られ、号泣して妹になぐさめられた。

俺は、明日の試験をどうやってサボるかだけを考えながら布団に潜った。

「和臣、起きな！」

「ふがっ！」

いきなり息が詰まって、布団を跳《は》ね除《の》け飛び起きた。

いつの間にか寝ていたのか、暗い部屋の中で姉が腕を組んで俺を見下している。今度は一体何をやらかしたんだ俺。

「和臣、行くよ」

「ど、どこへ？」

よくみれば姉は部屋着ではなく、白いシャツに紺のスラックス姿だった。姉は、いまだに状況がわかっていない俺を置いて、部屋を出ようと背を向けたまま言った。

「七瀬《ななせ》さんのとこ」

「へ？」

「早く着替えな」

ぴしゃんと障子がしめられ、慌てて布団から出て着替えを始めた。姉の命令には反射で体が動くようになっている、悲しい習慣だ。

シャツに袖を通しながらふと時計を見ると、四時三十分。やけに暗いとは思っていたが、まだ日が昇っていなかった。どこへ行くにしても流石に早すぎる。

「姉貴ー！　なんでこんな時間に起こしたんだよ！　まだ寝てぶふっ!!」

貴重な睡眠時間を削られた怒りに任せて自室の障子を開けた瞬間、顔面に衝撃。部屋のすぐ外に立っていたらしい姉の手のひらが、容赦なく俺の口ごと全顔をふさいだらしいと、姉の手が離れてから理解した。

「朝から大きな声出すんじゃない！　ご近所迷惑でしょ！」

「……ご近所さんいないじゃん……」

眉を吊《つ》り上げている姉に、恐らく折れたであろう鼻をおさえて小声で抗議した。

「いいから、七瀬さんのとこいくよ。あんた今日も試験なんでしょ」

「そうだけど……なぜ七瀬さん？」

七瀬さんとは、うちの分家の一つだ。うちの表の仕事である呉服屋を手伝ってもらったり、門下生が使う道具の用意をしてもらったり、他にも色々な仕事をしてくれている。うちの数ある分家の中で、一番大きな家だ。しかし、なぜ今そんな七瀬さんの家に行かなければならないのか。

「あんた、手袋も指環《ゆびわ》もサイズ合わなかったんだって？　用意してもらいにいくよ」

「え、別にいいよ。今日だけだし、いらないって」

もったいないと純粋に気を遣っただけにもかかわらず、腕を組んだ姉にぎろりと睨みつけられた。幼い頃から脊髄に刻まれた恐怖で、思わず姿勢が伸びる。

「あんた、昨日の事忘れたの？　門下生に変なこと教えるなんて、本当にありえない」

「いや、教えてはないです……」

姉の顔がみるみる怒りに染まる。ごめんなさい勝手に勉強されただけで本当に悪気はなかったんです。

「言い訳してんじゃない！　あんたも七条の人間なんだから、糸を使う時はきちんとやんな！　七瀬さんに連絡は入れてあるから、今から手袋と指環もらいに行くよ！」

「……はい」

もう言われるがまま姉が運転する車に乗り、七瀬さんの家に向かう途中。姉がおにぎりをくれた。中身は梅干しで、黙々と食べていたら温かいお茶が入った水筒を渡される。それを飲んで一息ついていれば、ラジオから知らない昭和歌謡が流れてきた。姉も知らない曲だったのか、「替えていいよ」と言われたので適当に天気予報のチャンネルに切り替えた。はっ、いつの間にかゆったりとした朝ごはんタイムに。

車はすでに街の中心地に入っており、駅前の大通りからふと脇道へ入った。急に閑静な一画となり、突き当たりに見えたのは、立派な一軒の家だった。和風の門構えだが、よく見れば中の建物も含め真新しい近代建築である。横にある駐車場の門は開けられていて、姉が車を停《と》めればどこからともなく人が現れ、俺たちを家の中へと案内した。

「お待ちしておりました」

玄関では、薄緑の着物を着た腰の曲がったお婆《ばあ》さんがにこやかに待っていた。

この人はキヨさんといって、七瀬家の現当主だ。俺が小さい頃からお婆さんで、俺が生まれる前から七瀬家の当主をやっているらしい。見るからに優しそうだし実際優しくされたことしかないが、この人こそが七条の分家の中で最大の権力と影響力を持つ重鎮である。

「今日は、和臣坊ちゃんの手袋と指環ですね？」

「ええ。この子も成長したので、大きめのものを」

姉が答えれば、キヨさんは笑みを深めた。

「ええ、ええ。本当に大きくなって、まあ。キヨは嬉《うれ》しいですよ。じゃあ、坊ちゃん。お手を失礼しますね」

通された部屋の椅子に腰掛けて、キヨさんに手を差し出す。その手を、キヨさんの少し乾燥したシワだらけの手が取った。キヨさんは俺の手をさすったり握ったりして、大きさを測っている、らしい。昔からこれだけでどうして指環の大きさまで分かるのが不思議で仕方なかった。

「はい、少々お待ちくださいね」

俺の手を離したキヨさんが部屋の外へ消え、すぐに二つの木箱を持って戻ってきた。

「これでどうでしょう？」

開けられた箱の中には黒い手袋と、きらりと光る十個の銀の指環が入っていた。

どちらもはめてみたが、驚くほどにぴったりだった。

「ちょうどです。ありがとうございました」

「ええ、ええ。どちらも良さそうでございますね。坊ちゃん、またいつでもいらしてくださいね」

本当はもう来ることはないだろうと思っていたが、キヨさんの手が思いの外強く俺の両手を握ってきたので曖昧に頷《うなず》いてしまった。にっこりと笑ったキヨさんは、門の外まで出てきて俺たちを見送ってくれた。道を曲がって車が見えなくなるまで、キヨさんは頭を下げていた。

しばらくしてハンドルを握る姉が、前を見ながら言った。

「今日はきちんとやりなさいね」

「はい」

家に戻って試験の準備を済ませると、姉が駅まで車に乗せてくれた。姉はこのまま仕事に行くらしい。

俺が車を降りる寸前、姉が忘れ物はないか確認してくる。ないと答えれば、ふと表情を緩めた姉が軽く俺の肩を叩《たた》いた。

「……おう！　姉貴、ありがとう！」

「頑張ってきな！」

しばらく駅で待っていれば、昨日渡したボストンバッグを肩に下げた葉月がやってきた。

相変わらず制服姿の葉月を連れて、昨日と同じ改札をくぐり、総能支部へ向かう電車に乗った。

「和臣、今日はやけに気合い入ってるじゃない」

「おうよ！　今日の試験、俺は本気で頑張るぜ！」

「何を拾って食べたの？　和臣にやる気があるなんて……気持ち悪いわ」

「……ひどくない？」

今のでだいぶテンションが下がる。なんで俺はそんなに拾い食いすると思われてるんだ。

しかし、姉がせっかく朝から俺のために準備してくれたのだ。

俺はやるぞ、目指せ試験合格！　免許更新だ！

ひっそりガッツポーズをしていると、隣に座っている葉月が自分の腕時計に目を落とした。

「ねえ、和臣の試験は午前中なのよね？」

「ああ」

「見に行ってもいいのかしら？」

「今日の試験は確か……運動場でやるから、見ようと思えば見られると思うぞ」

実際、運動場の端にはいくつかベンチなどがあり、試験の見学も禁止されていない。ただ別に推奨しているわけでもないので、見たい人はご自由に、といった具合だ。

「私の試験は午後からだから、あなたの実技を見て勉強させてもらうわ」

「勉強しないでくれ」

「え？」

思わず口をついた言葉に、葉月が目を丸くしている。慌てて手を振って訂正した。

「い、いや。なんでもない」

「そう？」

大丈夫、今日はしっかりやるのだ。準備は万全、気合いも十分だ。師匠として、弟子にいいとこ見せてやる。

昨日と同じ道を歩いて支部に入り、葉月と別れてから袴《はかま》へ着替えた。きちんと手袋と指環もして、試験場へ向かう。完璧だ。

一人ニヤニヤしていたらしく、いつの間にか目の前にいたゆかりんに「余裕な態度もそこまでよ！」と指をさされた。相変わらずのショートパンツ風袴に、一瞬全ての思考が吹き飛ぶ。何も言わない俺を見て、ゆかりんは満足したのかドヤ顔で俺の前から去っていった。

試験開始時刻となり、受験者が一列に並ばされる。今日も十人いる試験官たちのうち、メガホンを持った一人が前に出た。

「本日の試験は、こちらで用意した妖怪の封印、退治、及び呪術の解除をしてもらいます。実際の妖怪を使用するので、怪我《けが》のないよう、十分注意して行ってください」

後ろで控えていた別の試験官が、札の貼られた小さな瓶を開けた。

その瞬間、真っ昼間にもかかわらず、この間の土蜘蛛《つちぐも》よりふた回りほど小さな妖怪が飛び出す。

さらに、また別の試験官が、蓋が開かないように呪術のかかった小瓶を地面に置いた。呪術を解除しない限り、あの瓶は何をしようと蓋が開くことはない。

「始めてください！」

試験官の合図で、順番に受験者達が妖怪退治や解呪《かいじゅ》を始める。

今日はすぐにゆかりんとうちの門下生の番になった。

これまでに、退治と解呪を両方こなせた人はいなかったからだ。

「七条和臣ー！　今日こそあんたに勝ぁつ！」

ゆかりんがこちらを振り返り、あの素晴らしい生脚袴で俺を指さす。

ありがとう。三条、君がいてよかった。家同士はあまり仲良くもないけど、君のことは本気で尊敬してるよ。

ゆかりんの横で試験を受けようとしているうちの門下生は緊張しているのか、先ほどから妖怪を見たまま動かなかった。

「始めてください！」

合図とともに試験が始まると、ゆかりんは三条の十八番《おはこ》である鞠《まり》を蹴って一撃で妖怪を退治してしまった。

どうやらあの鞠自体に霊力や術がかけられているようで、あの鞠で撃ち抜かれただけでも妖怪はチリになって消滅するらしい。

ゆかりんは地面に置かれた瓶を手に取り、自分の霊力を流して解呪もこなした。ぱかり、と蓋が開き、ゆかりんはドヤ顔でこちらへ戻ってきた。

「どう？　私の勝ちは確定ね！」

「ゆかりんすごい！　解呪もできるんだな！　サインくれ!!」

「ふふん！　あったりまえよ！　サインは後であげる！」

「やったー!!」

俺が両手を上げ喜んでいる間に、うちの門下生は糸で妖怪を細切れにし、その後に丁寧に術をかけて消滅させて、丁寧に霊力を流して瓶の解呪をした。

全体的に時間はかかったが、文句なしの合格だろう。

門下生も、ほっとしたように胸を撫で下《お》ろしながら列に戻ってきた。

「次の方ー！」

その後の受験者たちは失敗が続き、早くも俺の番がきた。

試験官が、妖怪が入った瓶を開ける。

ここで、違和感。あの瓶、さっきまでより大きくないか。

「始めてく……うわっ！」

瓶から飛び出したのは、見覚えのある八本脚のシルエット。

ガサガサと不気味な動きで顔をこちらに向け、たくさんの赤い目が俺を見る。

『キィキィ。ナマえ、教えて？』

「うわ、うわあ！　土蜘蛛!?」

試験官が、慌てて土蜘蛛から離れようと駆け出した。

他の受験者も逃げ出し、試験場は軽くパニックだ。

「土蜘蛛!?　危険度Bの!?」

そんな中、ゆかりんだけは土蜘蛛から目を離さない。

逃げないなあと思っていたうちの門下生は、尻餅をついていた。

「俺、今日はきちんと装備してきて、やる気満々だったのに……」

思わず頭を抱えた。このハプニングのせいで俺の試験がなしになったら、せっかくの準備の意味がない。四時半起きも無駄になる、それだけは避けたかった。

近くにいた試験官に声をかける。

「すいません、これ倒しても試験合格ですか？」

「な、何を言ってる!?　早く逃げろ、大丈夫、ここは第七隊の宿舎がある！　すぐに誰か来てくれる！」

結局質問には答えてくれなかった試験官は、他の受験者を誘導しながら建物の中へ避難して行く。

ゆかりんはやはり逃げないで、札を握って土蜘蛛をじっと見ていた。

「ゆかりん、逃げなくていいの？」

「ふん、これぐらいで逃げてちゃ、アイドルの名が廃る！　これは私が何とか……」

「ゆかりん、悪いけどこれは俺の試験だ。譲れないよ」

俺の言葉に、ゆかりんが聞いたこともないような素っ頓狂な声をあげた。

「はぁ!?　あんた何言ってんの!?　危険度Bよ！　B！　試験とかいってる場合じゃないっての！」

「はは、大丈夫大丈夫。俺、今日きちんと装備してきたから」

両手を上げてゆかりんに指環《ゆびわ》を見せる。サイズもジャストフィットだ。問題はひとつもない。しかしゆかりんはまた「はあ!?」と調子はずれな声をあげていた。

『名まえ、ぉしえテ？』

土蜘蛛が、八本の脚でこちらへ突進してくる。

「っ！」

息を呑《の》んだゆかりんが、バッ、と俺の前に出る。

ここで由々しき問題だ。ゆかりんの後ろにいたら、布が邪魔であの袴が見えない！

地面を蹴ってゆかりんの前に出て、指から糸を出した。

この糸こそ、七条家が最も得意とする武器である。昔は本物の糸を使っていたらしいが、今は術者の霊力を糸状にして使っている。

糸の使用者が指環をつけるのは、糸にした霊力を安定させ、さらには指を切らないようにするため。指環なしで糸を使えば、下手をすると指が落ちる。

手袋をつけるのは、糸を伝ってくる指への衝撃を、特殊な術をかけた布で軽減させるため。手袋なしで糸を使うと、下手すると指が落ちる。

七条の糸を使う術者の装備には、どれもかなり実用的な意味があるのだ。よって不備があると命取りである。

そんな実用的な装備をきちんと装着した俺の手から放たれた糸が、向かってくる土蜘蛛を音もなく通り抜けた。糸があることにすら気づかなかったのか、勢いそのままに突進を続けた土蜘蛛は、まるで寒天のように細切れになった。

「【滅糸《めっし》の一《いち》・鬼怒糸《きぬいと》】」

細切れの土蜘蛛を白い糸が包んで、きゅうと絞り上げて球体になる。糸が全て解《ほど》けた時には、何も残らなかった。いつの間にか転がってきていた呪術のかかった小瓶を拾い上げ、ぱか、と蓋を開けた。

「これで文句なしの合格だろ！」

姉貴、俺は今日こそしっかりやったぞ。

昨日変なことを教えてしまった門下生の方を見ると、白目を剝《む》いて倒れていた。

なぜちゃんとやった時に限って見ていないのか。

「七条和臣……」

下を向いてしまって表情が見えないゆかりんが、ふらふらと近寄ってきた。

今度はゆかりんの前にいるのであの袴がよく見える。ナイスだ三条。

「負けてはない！　次は大食いで勝負よ！」

「それ自分が絶対勝てる戦いじゃん」

嚙《か》み付くように叫んだゆかりんは、そのまま走って行ってしまった。やはり後ろからでは何も見えない。悲しすぎる。

このあと予定されていた葉月たちの午後の試験は中止になり、俺は謎の書類を記入させられた。家に帰ると、なぜか門下生を気絶させたと知っていた姉がげんこつをくれた。吐き捨てるように「逃げなバカ」とだけ言われる。妹は、慰めてくれなかった。

そんなハチャメチャだった三連休から、二週間たった。

俺は学校の机に突っ伏して、この世の悪と絶望について考えていた。

期末テスト。

夏休み前の気分をどん底まで下げたこいつは、俺の貴重な睡眠時間をも奪っていった。

同じように徹夜続きの田中《たなか》が死んだ顔で部活へ向かい、学校中のみんながテストの採点休みというプチ夏休みに胸を躍らせる中。

「和臣」

「すいません、今日パスで」

人の居ない放課後の教室で、葉月が俺の机の前に立っていた。

「出来るわけがないでしょう？　電車が出ちゃうから、急ぎなさいよ」

「無理、本当に無理」

「無理でも行くのよ」

葉月に引きずられながら駅へ向かう。

前回の土蜘蛛騒動で中止になった葉月たちの実技試験が、今日行われるのだ。

一方俺は土蜘蛛を倒したことで実技試験は合格となり、無事に免許更新。

しかし、この間書いた書類に記入漏れがあったので今日再提出に行かなければならない。

「なんで……？」

「あなたがサインを忘れたんでしょう？　なぜ一番大事なところを忘れるのよ」

涙が止まらない。

「免許更新は出来たんだからいいじゃない」

「家に帰りたい……寝たい……」

半泣きで文句ばかりの俺に、葉月がはあっと息を吐いた。

「弟子の試験ぐらい見ていきなさいよ」

「どうせ葉月の無双じゃん。想像つくよ」

「あら、期待してくれてるのね」

葉月が肩にかかった髪を払った。しかし、俺がしているのは期待ではなく確信である。

「一日目の実技試験、相当すごかったって聞いたぞ」

「ちょっと力が入りすぎちゃったみたいね」

「ちょっとで試験官気絶させるなよな……」

これで術を勉強して三ヶ月ですと言うのだから恐ろしい。

汗だくになりながら向かった支部にて、出された書類に自分の名前を書く。

はい、これで今日のやること終了。なぜこんな事のために暑い中歩いてきたのか。しかもやっぱりここは冷房がついていなかった。散々だ。

それでも来たからには葉月の試験を見に行こうと、カンカン照りの外へ出た。運動場にはほとんど日陰がなかったので、ヤケになって一番日が当たるところで試験を見ることにする。太陽光で身長が伸びるとかネットで見たからでは断じてない。

試験をやっている方へ目を向ければ、実技試験の参加者は、葉月を含めだいたい四十人いた。

今日の試験の内容は雑魚の妖怪を倒すこと。

こんなにも太陽が照った真っ昼間に、夜の住人である妖怪が活動できているのには訳がある。

妖怪に人の名前を教えるのだ。

そうすることで、本来太陽の下では活動できないはずの妖怪が、こちら側との繋《つな》がりを頼りに昼間も現れるようになる。ただ、位が上がった妖怪は、繋がりなどなくても自力である程度は太陽の下で活動できるらしい。理不尽なこともあるものだ。

「始めてください!」

試験開始の合図と共に、受験者たちがそれぞれ色々な術で妖怪を倒しだす。

葉月は札を投げる前に出た霊力と気力だけで妖怪を退治していた。

試験官はドン引き。俺もドン引き。他の受験者もドン引き。

「あら、少し気合いが入りすぎちゃったみたいね」

けろりと肩をすくめた俺の弟子は、末恐ろしい天才だった。

もちろん葉月は試験に合格し、見事免許を獲得した。

「これで妖怪をいつでも退治してもいいのね」

帰り道、新しく手に入れた免許を手にずっと眺めているという行為自体は微笑《ほほえ》ましい葉月。しかし思想が物騒である。

「……ちゃんと総能からの依頼を受けた方がいいと思うぞ。その免許はただ術を使うことを許可するだけで、道端の雑魚とかを片っ端から退治していくのは、ちょっと……」

「あら、出会った時だけよ。妖怪を見つけたら退治してもいい免許なのよね」

「……違う……」

弟子の思考に頭を抱える。この子はいつからこんなバトルジャンキーになってしまったんだ。戦略的撤退という言葉を教えてあげたい。

「これでやっと胸を張って退治できるわ」

嬉《うれ》しそうに免許を胸に抱いた葉月。おそらくだが、もうすぐ学校の周りの雑魚は一掃されるだろう。

「ねえ、和臣。明日から試験休みだけど、何か予定はあるの？」

「昼まで寝て、好きなだけテレビ見て寝る」

「暇ね。おばあちゃんの所で術を見てもらうから、あなたも来て」

胸を張ってはっきり言ったのに、葉月に俺の声が届いていない。だいたい、婆《ばあ》さんとの練習に俺が一緒に行く意味はあるのだろうか。

「多少失敗しても大丈夫な的《まと》が欲しいの」

「ひどい……もうお嫁に行けない……」

先ほどもらった、筆記試験の解答冊子で顔を覆った。せめて言葉上だけでも師匠と呼んでくれ。師匠に人権を。

「明日の朝からだから、よろしくね」

「本気で行かなきゃダメ？」

「当たり前でしょう？」

涙で、解答冊子の文字が滲《にじ》んだ。

問七：「夜間の術使用は気をつけなければならない。○か×か」
答え：×　術の使用時は常に気をつけなければならないため

第五章　バカにつける薬はなにか

ふと目が覚めたのは、セミの声が響く昼。

「……ん？」

葉月《はづき》の試験を見学し、帰ってきたのは夕方だったはずだが、今は陽《ひ》が高い昼間。つまりほぼ半日寝てたということだろうか。

「あ、和兄《かずにい》起きた。お風呂入ってよ、臭いから」

「……もうお嫁に行けない……」

妹の指示通りとりあえずシャワーを浴びてから、昨日の葉月の言葉を考える。

朝からと言っていたが、朝とはどの程度の時間のことだろうか。午前中は朝であることは確実だが、現在あと三十分ほどで午後になる。

午後と言っても二時ぐらいまでは朝なのではないか。というか俺は今目覚めたのだから四時ぐらいまでは朝に違いない。

恐る恐る携帯を見れば、大量の不在着信。全部が葉月からだった。

全てを諦め大きく息を吸ってから、発信ボタンを押した。

「もしもし？　おはよう。朝ってことだけどいつぐらいに行けばいいかな？」

「……」

「あ、和臣《かずおみ》ですけど。水瀬《みなせ》葉月さんの携帯ですよね？」

無言。それでもめげずに明るく言った。

「そろそろ行こうかな、なんて思ってたんですよ。でも、葉月さんが明確な時間を仰《おっしゃ》らなかったので！　こうして確認の電話を」

ぶつんっと電話が切れた。冷や汗が止まらない。

急いで玄関に向かって靴を履いた。

「和兄、ご飯はー？」

「後で！　行ってきまーす！」

大急ぎでバスに飛び乗り、言い訳を考える。

電話でも言ったが、葉月が明確に時間を伝えていなかった感じでいこう。俺は行く気があったけど、何時に行けばいいのか分からなかった風でいこう。

バスから飛び降りて、婆さんの家まで走る。

じりじりと暑い日差しが肌を焼く中、全力で走った。

汗もそのままに婆さんの家の門をくぐり抜け、直接庭へと向かう。

「いやー！　おはよう葉月！」

バチンっと顔面に衝撃。

庭の中央に仁王立ちした、葉月のクズを見るような目が俺の心を砕いた。同時に用意していた言い訳も全て砕け散る。

「ごめんなさい！　寝坊しました！」

正直に白状して頭を下げた。ごめんなさい俺がクズです。

「……せめて、連絡は入れなさいよ。不安になるじゃない」

「ごめんなさい！　爆睡していて気づかなかったんです！」

「……もうお昼よ」

「ごめんなさい」

返事がなかったので、恐る恐る頭をあげれば、葉月は組んでいた腕を下ろして、俺ではなく斜め下の地面を見ていた。

「……私のこと、面倒になったのかと思ったわ」

「葉月さんは関係ありません！　純度百の寝坊です！」

「そう。……それはそれでイラつくわね？」

一度は許してくれそうな雰囲気だったのに、葉月がまたカスを見るような目で俺を見た。どうにか許してもらおうとしていたら、いつの間にか葉月の言うことをなんでも一つ聞くことになっていた。もしかして相当な不平等条約を結ばされてないか、と気がついたときには、あの無表情がデフォルト装備の葉月が、ほんの少し口角をあげ満足げな顔をしていて、思わず抗議の声が止まってしまう。

「じゃあ、和臣。テスト返却までは毎日、私の的になってちょうだい」

「ま、毎日!? 朝から!?」

「ええ。毎日。絶対よ」

やけに上機嫌な葉月に逆らうことができず、黙って頷《うなず》いた。


弟子のために早起きをする日々は思いの外あっという間に過ぎて、気がつけばテスト返しの日になっていた。約一週間ぶりの教室には、相も変わらず田中《たなか》のバカな騒音が響く。

「和臣ー！　俺はお前を許さないーーっ！」

「ふははは！　これぞ負け犬の遠吠《とおぼ》えというやつか！」

一方俺は椅子の上に立ち、悔しがるバカを見下ろしていた。その際、無意識に葉月の方を見てしまって、慌てて目線を戻す。一瞬見えた葉月は姿勢良く座って本を読んでいて、数人の女子が話しかけたそうに周りでウロウロと様子を窺《うかが》っていた。

幸い田中は俺の視線に気づかなかったようで、ぷるぷると悔しそうに目を瞑《つぶ》り拳を握っていた。

「俺は……！　俺は、お前を必ず倒す！　仲間だと思っていたのに！」

「バカめ！　せいぜい頑張るんだな！」

数学のテストで赤点を取った田中の叫びを一刀両断する。

俺が無事平均点を取ったため、田中だけが夏休みの補習に引っかかったのだ。依然騒ぎ続ける田中がいい加減うざったくなり、椅子から下りて若干の揉《も》み合《あ》いになる。そんな俺たちを横目に、優しさからか哀れみからか、田中の赤い解答用紙を机に伏せてやった寡黙野球部山田《やまだ》が声をかけてきた。

「和臣、お前痩せたか？　田中がでかく見える」

「へ？　そんなことないけど……」

「あ、俺も思った！　技かけやすいし、和臣、お前なんか窶《やつ》れた？」

俺にヘッドロックをかけている田中までも、頭上で声をあげた。まず技をかけるなバカ。

しかし、友人二人に言われると自分でも気になってくる。ここ一週間は、朝から晩までずっと葉月の術を受け続けていた。ぶつけられる術自体は大したことはないのだが、葉月が「ガチ」で俺に地を舐《な》めさせようと途中から拳ありで術をかけてくるので、精神的に辛《つら》かった。その影響だろうか。

「お前暑いの苦手だもんな。しっかり食えよ」

「サンキュー山田。ところで、次の科目って英語か？」

「なあああ！　和臣、その言葉を口にするな！　耳が、耳がああああ!!」

田中が耳をおさえくずおれる。山田と二人、励ますように拳を握った。

「英語も補習あるからな。田中、頑張れよ」

「俺達、応援してるから」

ゲスト声優も驚きの棒読みだった。

「せめてどっちかは補習じゃないと信じてくれよー！」

田中は英語のテストも、赤点だった。


学校が終わり、炎天下の中、一人婆さんの家に向かう。もちろん今日も弟子の的《まと》として働くためだ。

涙で視界が霞《かす》んだ。

「和臣、教室では随分騒いでいたけど、テストはどうだったの？」

婆さんの家の一室で、すでに待っていた葉月の横に腰を下ろした。

「普通。まあ、中間も期末も学年一位の葉月さんからしたら底辺ですけど」

「卑屈ね」

卑屈かつ冷静に考えてみれば、葉月は頭脳明晰《めいせき》で運動神経抜群、さらには術者の才能ありの美少女ときた。神はなん物も与えすぎだろう。俺には卑屈さしかくれなかったというのに。

「おばあちゃんがお昼にそうめんを用意してくれたの。あなたも食べる？」

「あー。俺いいや」

　別に卑屈だから断ったのではないということだけはっきりさせておきたい。ただ暑いと食欲がなくなるというだけで、卑屈だから食べないのではない。

「そう。本当に暑いのが苦手なのね」

「俺、夏は毎年冷房の効いた部屋でアイスを食べて生きてるんだ」

　終始無表情だがしっかりとした量のそうめんを食べ終えた葉月と庭へ出て、今日もしっかり的として働いた。相変わらず葉月が弟子の顔から「ガチ」に切り替わる瞬間が恐ろしい。すっかり空が夕暮れに染まった頃に、術をかけ続けてくる葉月に今日はもう終わりにしようと提案した。頷いたはずの葉月が、なぜかその場を動かずじっと俺を見てくる。

「な、なんだよ。今日はもう十分練習したろ？」

「……そんなに、痩せたかしら？」

「へ？」

　独り言のような声量で、なんと言ったのか聞き取れなかった。聞き返しても、葉月は「いいえ」と首を振るだけ。

「なんでもないわ。それよりまた明日、ここで会いましょう」

　なんだかよくわからなかったが、葉月がさっさと帰ってしまったので、俺も婆さんの家を出てバスに乗った。

　家の玄関を開ければ、奥から出てきた妹が駆け寄ってきた。

「和兄、ご飯だよ。早くきて！」

　ぐいぐいと引っ張って連れてこられた食卓には、久々に父と兄、そして姉が揃《そろ》っていた。

「おお、全員いるなんて珍しいな。兄貴、仕事は？　サボり？」

「非番だ。明日は朝から出張だからな」

　紺の着流しを着た兄が、味噌汁《みそしる》片手に言う。兄はよく言えば真面目、悪く言えばクソ真面目なのでサボりではないと思っていたが、休みか。兄の休みは不定期な上、昼間は寝ているのでいつ家にいるのかよくわかっていない。

　空いてた兄の隣の席に座り、遅れて夕飯を食べ始める。向かいにいる部屋着姿の姉が、妹へ声をかけた。

「私と父さんも、明日から京都の本部に行っていないからね。昭恵《あきえ》さんも夕方には帰っちゃうから、清香《きよか》、和臣のことよろしくね」

「うん！　まかせて！」

「普通逆じゃない……？」

　家族内での自分の立ち位置が心にささる。小学生の妹に面倒みられるようなことはない。

一応九年も兄やってるんだぞ。しかも、父までも妹に向かって頼むぞ、なんて言っていた。誰か俺を信じて。

「和臣、そういえばあんた今日テスト返ってきたんでしょ。どうだったの？」

突然の姉の言葉に思わずびくく、と肩が震える。ここで下手なことを言えば、終わりだ。

「ふ、普通」

「補習は？」

「たぶんない」

以前、一度だけ補習にかかったことがある。

その時の姉は恐ろしかった。

なぜできないのかと問い詰められ、できるようになるまで延々と問題を解かされた。途中で逃げようものなら力ずくで連れ戻され、解けないと言おうものなら寝る暇もなく解説が続く。俺はそれから絶対に補習にかからないと誓ったし、姉に勉強を教わらないと決めた。

「それが当たり前なのよ。普段からもっと勉強しな」

何も悪いことは言っていないのに怒られた。理不尽である。

「補習って……ウチの高校そこまで厳しくないだろ？」

昔は俺と同じ学校に通っていた兄が言う。確か兄は当時成績優秀者で表彰されていた。

「私、この間のテスト百点だった！」

「すごいな清香。将来は学者かもしれん」

父に褒められて嬉《うれ》しそうな妹。話題が俺から移ったタイミングで、さっと席を立った。

「ごちそうさま！」

「あ、和臣待ちな！　明日本当に誰もいないんだから、気をつけてよ！」

「へーい」

これ以上ここにいたら精神が持たない。姉に適当な返事を残して、自室に戻った。布団に寝転がり、古い木の天井を見つめる。優秀な兄妹《きょうだい》を持つと大変だ。しかしなぜ俺だけ出来が悪いのだろうか、遺伝子って難しい。

宇宙の神秘と生命について考えている間に寝てしまったようで、気がつけばもう朝だった。

「……あれ？」

なんだか、違和感があった。何かは分からないが、どこかいつもと違う。なんとなく嫌な感じがして、数枚の札を制服のズボンに突っ込んだ。姉に相談しようと居間に行って、がらんとした空気に、そういえば今日はこの家に大人はいないのだと思い出す。

「和兄ー！　私もう出るから鍵閉めてねー！」

「わかったー！」

玄関からの妹の声に返事をしてから、おやと時計に目をやる。ズレのない我が家の時計を信じるなら、すでに大遅刻寸前。慌てて着替えて靴を履き、違和感の正体は分からないまま、どうにか学校へのバスに乗った。


汗を拭いながら教室に入れば、俺の席の前で待ち構えていた田中がいつになく深刻な顔で近寄ってくる。

「和臣、やばいぞ。理科にも補習があることが判明した」

「なん……だと……!?」

「俺はこのままだと、夏休みに部活より補習で学校に来ることになる」

「それはお前がバカ」

何やら騒音を立てているバカは放っておいて自分の席に鞄《かばん》を置くと、どことなく険しい顔の山田が寄ってきた。そんなに悲惨なのか田中の理科は。そろそろバカにつける薬を買ってやるべきだろう。

「和臣、お前大丈夫か？」

「え？　俺？　一応赤点はないと思うけど……たぶん、おそらく」

「……それならいい」

山田はそれだけ言って席に戻ってしまった。そこでまた違和感を感じて、ちらりと葉月の席を見れば、いつも通りの無表情で、席の周りに集まった女子たちの話を聞いていた。本当は葉月にこの違和感を相談してみたかったが、こんなに人がいる中で話しかけるなど自殺行為だ。葉月との関係を邪推されるくらいなら、一人で妖怪でも異界でも相手した方がマシだ。

しかし、違和感はありつつも何事も起きないまま、昼休みを告げるチャイムが響いた。

「やったぜーー!! 補習回避だーー!!」

「おいバカ、こっちが恥ずかしいからやめろ」

田中が、先ほど返却された四十三点のテストを振り回しながらやってくる。ちなみに俺は五十点だった。セーフ。

「ふははは! 補習にかからなければ全て満点と同じだ! やったぜ満点だー!」

「お前バカだろ。知ってたけど」

そんなこと言ったら俺だって満点だ。おいおいすごいな俺、もっと胸張って生きた方がいいんじゃないか。

「おい和臣、購買行こうぜ! 俺の満点を祝ってくれ!」

「俺のも祝え、お前の七点上をいく満点だぞ」

「ふははは！　俺たち満点だー！」

騒がしく教室を出て行った田中を追いかけようと、席を立った。

立ったはずなのに、また椅子に座っていた。

「あれ？」

何が起きたのか、よくわかなかった。しかし、突然の異常事態にほぼ反射でポケットの札に手を伸ばす。

「和臣！　大丈夫か!?」

走り寄ってきた山田の声で、ふと思考が現実に戻った。ここは何も変わらない昼間の学校であるし、夜ならまだしも昼に妖怪なんて出るわけがないのだ。普通ならば。

もし、こんなところに妖怪がいるとしたら。それは土蜘蛛《つちぐも》なんて比ではない、格上の怪異。

あせった自分の鼓動が、やけに耳についた。

「和臣、お前顔真っ青だぞ。貧血か？」

「いや、ちが……」

山田を見上げて、急に頭の奥がキン、と冷たくなり視界が回った。思わず額に手をやり目を瞑《つぶ》る。

「おい、田中！　先生呼んでこい！」

「わかった！」

なんだか騒ぎになっているが、あまり注目されては困る。葉月はまだ初心者だし、こんなレベルは俺一人ではどうにもならないかもしれない。一刻も早くここから出て、兄に連絡しなければ。

もう一度。今度こそ席を立った。そして、急にふっと足から力が抜ける。

咄嗟《とっさ》に隣にいた山田が俺の腕を摑《つか》んだが、流石《さすが》に支えきれなかったのか俺はそのまま床に座り込んだ。

「……？」

もう混乱してしまって、何を考えるでもなく床を見つめた。さっきから、一体何が起きているんだ。

「おい、和臣！　大丈夫か？　先生来たから、もう少し頑張れよ」

「いや、頑張るも何も……」

視界がぐるぐる回っている。酔ってしまいそうで目を開けていられなくて、ぐっと目を閉じたあとも瞼《まぶた》の裏で暗闇が回っていた。

そこで、気づいた。朝からの違和感の正体。

「変なのは俺か……」

この場には反則級の妖怪もいなければ、何もおかしいこともない。おかしいのは俺の体調の方だったのだ。そもそも、俺が真面目に札なんて持ち出した朝の時点で変だと気がつけばよかった。なんだ、と緊張が解けて力が抜けた。

「おい、和臣！　保健室行くぞ！　もう少し頑張れ！」

山田の低い声すら頭に響く。

ぐるぐる、ぐるぐる回って気持ち悪い。

何をどうやったのかはよく覚えていないが、いつの間にか山田に背負われて、保健室に連れて行かれていた。

保健室のベッドに下ろされても、ぐるぐる回る感覚は消えない。ずっと、気分が悪かった。

「熱測ってもらえる？」

保健室の先生の声がした直後、山田が俺の脇に体温計を突っ込んできた。

それぐらい自分でできる、と抗議しようとしたが、視界が回っていてまた目を閉じた。

ピピピ、と嫌に硬い電子音が服の下から鳴って、俺が何をするよりも前に、ズボッと脇から体温計を抜かれる。もうどうにでもしてくれ。

「……三十八度三分。お前、なんで学校来たんだ」

「夏風邪かしらねえ。七条《しちじょう》くん、お家《うち》の人に連絡取れる？」

「先生ー、和臣の鞄持ってきましたー」

なぜか田中の声がしたが、なんだかずっと視界が回っていて気持ちが悪いし、全身薄ら寒いしでもう放っておくことにした。

何も反応しないでいると、ゆるく肩をゆすられて渋々目を開けた。日焼けした山田の顔が、心配げに眉を寄せている。

「和臣、家に連絡できるかって先生が」

「……あー。しばらく、休んで帰る……」

「おい、連絡できるかって聞いてるんだ」

「今日……誰もいないから……」

保健室の白い灯《あか》りが頭に響く気がして、自分の腕で目を覆った。指先に血が回っていないのか、感覚が鈍い。

頭上で山田のため息が聞こえた。

「そんなんで帰れる訳ないだろ、誰かいないのか？」

「……帰る」

「和臣、話を聞け」

少し遠くから、保健室の先生の声がした。

「七条くん、お家の人がいないなら、緊急連絡先の七瀬《ななせ》さんに電話してみようか？」

「帰ります……」

「うーん。じゃあ、もう少し休んで考えようか」

何か話しかけられている気がしたが、なんだかもう余裕がなくてずっと黙っていた。こんなに体調を崩すなんていつぶりだろうか、思い出せないほど遠い幼い記憶の中では、もういない誰かが、優しい声をかけていてくれた気がした。

記憶の中の像がはっきりと焦点を結ぶ前に、意識はぐるりと暗闇に落ちた。


「……くん、しち……ん、七条くん」

「……？」

「熱、測ってもらえる？」

突然、脇に冷たい何かが入れられる。

寒い。寒くて仕方ない。

なんで寒いのか、というか、今、何をしなくてはいけないのか。

「三十九度か。上がっちゃったね」

「……帰ります」

「うーん。これはちょっと……」

困ったような保健室の先生の声を聞きながら、かけられた布団を剝いだ。もう何もしたくなくなるような寒気が、背筋を駆け上がる。

「和臣、おばあちゃんに連絡しましょうか」

「帰る……」

「帰れないでしょう？　あなたのお家、遠いじゃない」

起きあがろうとした肩を押され、また硬いベッドに沈み込む。しかし、どうしても帰らなければならないと、もう一度腕に力を入れた。

「今日、昭恵さん……休みだから」

「だから？」

「清香が……一人……」

「……それは、大変ね」

今度は、背中にひんやりとした手が添えられた。

「先生、私が彼の家まで送っていきます」

「でもねぇ。ちょっと熱が高いから、お家に大人の人がいないのは……」

なんだか俺とは別の所で会話が進んで行く。でも、とにかく、家に帰らなくてはと気が急《せ》いた。

「私が見ておきます、彼のお家の方には良くしてもらっているんです」

「あら、ご家族と知り合いなの？　じゃあ、お願いしようかな。車出せる先生探してくるわね」

ガラガラと、引き戸が閉まって白衣の先生が出て行くのを、ぼうっと見ていた。先生はもういないのに、隣から声がかけられる。

「和臣、立てる？　立てないのなら、私が背負うわ」

「いや立てる……ん？」

俺の背中から手を離し、俺の鞄《かばん》を持ってベッドの横の椅子から立ち上がったのは。

「……なんで葉月？」

一気に思考のもやが晴れた。最近では見慣れた葉月の整った顔が、床ばかり見て一向にこちらへ向かない。そんな中でぽつり、と薄く桃色をした唇から音が漏れた。

「あなたが教室で倒れたから」

それと葉月がここにいることとの関係がよくわからなくて自分の発熱した頭を掻《か》けば、葉月がぎゅうと鞄を握る手に力を込めた。

「ここ最近、毎日私が的にしてたから」

また、ぽつりと保健室の白い床に声が落ちる。

「だから、体調を崩したのかと思って」

最後は消え入るようだった葉月の声にハッと目を向ければ、俯《うつむ》いた顔は綺麗《きれい》な眉をぐっと寄せて、血が出るかもしれないというほど強く唇を噛《か》んでいた。慌てて俺も声を上げた。

「いや、違うだろ」

まさかそんな風に思っていたなんて。それでわざわざ、放課後まで俺を待っていてくれたのだろうか。俺が保健室に来たのは昼休みだったが、この様子では今までずっと悩ませてしまったのだろう。悪い事をしてしまった。

葉月が、眉を寄せたまま俺へと視線を向ける。赤くなった唇が震えて開いた。

「だって！」

「俺は、普通に風邪。葉月のせいじゃない」

「でも！」

食い下がろうとする葉月を遮るように、ベッドから立ち上がった。腕を組んで大袈裟《おおげさ》に笑う。

「俺が風邪を引いたってことは、俺が馬鹿じゃないと証明されたな！」

急に立ったせいか、ぐるぐる、ぐるぐる視界が回る。

それでも、そんな顔はやめて笑ってほしくて、いや、いつもの無表情に戻ってほしくて、死ぬ気で笑った。

「だいたい、あんなへっぽこ術が俺に効くかよ！　これはたぶん……知恵熱だな！　テストだったから！　はっはっは！」

葉月は、またぐっと唇を噛んだ。

ぐるぐるとした感覚は抜けないまま、慌てて言葉を探す。まずい、これ葉月泣くんじゃゃないか。女子を泣かせるなんて最低最悪だ、と思考までもぐるりと回った。

「いや、その、へっぽこ術って言っても、葉月はやっぱり、上手《うま》いと思うぞ！　よし、今度上級の術を教える、どうだ？」

　葉月は動かない。

「あー、えっと……」

　それっきり葉月を喜ばせる言葉は何も思いつかなかった。気の利かない野郎だな俺。女子との会話を練習してこい。相手いないけど。

　しかし、俺が女子と接点がないという問題よりも、緊急性の高い問題が発生しつつあった。

　眩暈《めまい》がして気持ち悪い。

　端的に言うと吐きそう。

「……夏風邪は、馬鹿が引くのよ」

　やっと、葉月が絞り出したように声を上げた。

　迫る吐き気を呑《の》み込んで、なるべく元気に見えるよう大きな声で答える。

「おいおい！　誰が馬鹿だって？　補習に引っかかってないんだから天才だろ？」

「……ふ、そうね」

　やっと、下がっていた口角が緩んだ。眉は寄せられたままだったが、笑ってくれたと思う。

この調子で小粋なトークでも、と思ったところで、保健室のドアが開いて先生が顔をのぞかせた。

「あら起きてる。七条くん、あなたの担任の先生が車出してくれるって。行けそう？」

「行けまーす！」

元気に返事をして、保健室に戻ってきた先生の後について車へ向かう。

相変わらずぐるぐる回る視界の中、転ばないよう慎重に進んだ。

途中葉月が心配そうに見てきたので、とりあえずキメ顔でサムズアップしておく。爆笑喝采、盛り上がってくれるかと思ったのに、葉月はまた顔を伏せてしまった。

「……おばか」

なんとか乗った車の揺れに目を瞑《つぶ》って耐えていれば、いつの間にか家に着いていた。送ってくれた担任に礼を言って、葉月と一緒に玄関の戸を開けた瞬間。

「和兄遅い！　今日は昭恵さんもお休みだから……って、どうしたの？」

仁王立ちして待っていた妹の清香が、言葉の勢いをなくし吊《つ》り上げていた眉を下げて聞いてきた。

「知恵熱でちゃった。てへ」

誰も笑わない。今日のスベリは俺のお笑いセンスの問題ではなく調子の問題だと信じたい。

「清香ちゃん、和臣の部屋ってどこかしら？」

「……こっち」

絶不調の頭で、今できる最高速度で思考を回す。

今、俺の部屋に何か変なものは置いてなかったか？　葉月を上げて大丈夫か？　いや、葉月より清香の方が問題ではないのか？

しかし何をする間もなく妹によって開けられた自室の障子の奥から、目に飛び込んできたのは。

「……和兄、布団敷きっぱなし。畳んでって、毎日お姉ちゃんが言ってるのに」

「ははは！　今日は役に立ったな！」

部屋の中央に敷きっぱなしになっている布団に注目が集まっている。トップシークレットを含むタンスの奥及び押入れの中には一切の注意がいっていないようだ。セーフ。

俺の机の上が、読みかけの漫画やら充電コードやらで散らかっていたからか、葉月が椅子を引いてその上に俺の鞄を置いた。

「和臣、私、買い物に行ってくるわ。何か欲しいものはある？」

「買い物？　ここら辺に店なんてないぞ」

「少し坂を下ったところに、コンビニがあったわ」

少し、と言っても歩いて二十分ほどかかる。もう夕方とはいえ気温は高いし、荷物を持って往復などやめておいたほうがいいだろう。しかし、俺が声をかける前に妹が葉月に駆け寄って、葉月の通学鞄の端を摑《つか》んだ。

「葉月お姉ちゃん、私も行く」

「じゃあ和臣、あなたは大人しく寝ていてちょうだい」

さっと障子が閉められてしまい、二人を追いかけることもなく大人しく布団に入った。というか、もう立っていられないほど眩暈がひどくて、追いかける気力もなかった。

じっと目を閉じて、慎重に呼吸を繰り返す。しばらく大人しくしていれば、この眩暈も治るだろうと信じていたのに。

「……！」

今日の中で最も素早い動きで布団を蹴り飛ばし廊下へ走りでた。

色々なところに体をぶつけたような気もしたが、そんなことを気にしている余裕などなくトイレに駆け込む。ドアも閉めずに、白い便器に顔を突っ込んだ。

「おえっ……！」

気持ち、悪い。

喉にせり上がる熱を感じたと同時に、耳に水音が届く。なんだか終わりのないような気すらしてくる胃の収縮する不快な感覚とは裏腹に、頭の奥はどこか冷静だった。廊下でぶちまけなくて本当に良かった。でも、俺は朝から何も食べていないはずなのに、今戻しているのは一体何なのだろう。

「和兄！」

まずい。清香が帰ってきた。この状況をどう誤魔化そうか。二日酔いだぜ風に行くか。

頭は回っているのはずなのに、なぜかぼうっとして動けないでいると、ふと背中に手が添えられた。目線をずらせば、口を引き結んだ葉月が俺の隣にしゃがんで、背をさすっていた。心配は伝わるものの大変ぎこちない動きで背を撫《な》でる葉月の手に、思わず笑ってしまう。というか、病人に対して少し力が入りすぎてないか。ちょっと痛いんだが。

「和臣。今じゃなくていいから、何か食べて薬を飲んで」

「おう、任せとけ。……清香も、大丈夫だから」

立ったまま俺の服の裾を握りしめて、怒ったような顔で黙って涙を流す妹の頭を撫でた。

今、大人が一人もいない家で、唯一頼れる兄がこの様子では不安で仕方がないだろう。かわいそうなことをしてしまったな、と思いつつも、重だるい体がいうことを聞かなくて、この場から動けそうもなかった。

「ああ、やっぱりか」

突然、低い声がかかった。

「和臣、お前こうなる前に連絡しろ。清香、おいで」

「……兄貴」

廊下に立っていたのは、姉によく似た少しキツィ顔の、背の高い男。正確には姉がこの顔に似ているのだが、まあ今はそんなことはどうでもいい。妹が、甲高く喉を鳴らしてから、わあと大声で泣いて飛びついたのは、仕事用の黒い着物を着た兄だった。なぜここにいるんだと聞く前に、軽々と妹を抱きかかえた兄はため息をついた。

「和臣、お前これ昨日から具合悪かったんだろ。早く言え」

「……ん」

「ダメそうだな。病院行くぞ」

呆《あき》れたような困ったような顔で俺を見下ろしていた兄は、ふと俺の隣にいる葉月に目をやった。

「あれ、君は……水瀬さんだっけ？」

「はい。あの……」

立ち上がった葉月が、兄の顔を見て言いにくそうに口をつぐんだ。それに苦笑した兄は、妹を抱いたまま仕事着の胸にある「七」の染め抜きを見せるよう体の向きを変えた。

「和臣の兄の孝臣《たかおみ》です。土蜘蛛《つちぐも》の時に会ったんだけど、覚えてないか」

慌てたように謝る葉月に、兄は気にしないでと軽く笑いかけた。葉月の表情から、ふと強張《こわば》りが抜ける。

「あの、さっき清香ちゃんと、色々買ってきたので。使ってください」

「そうか、君が付いていてくれたんだね。ありがとう、助かったよ」

「いえ。私は、何もできていません……」

葉月が目を伏せて、きゅっと口を閉じる。対する兄は、おやと片眉をあげた。

「本当に和臣のことを心配してくれたんだね」

「……いえ。私、気づけもしなくて、」

「ああ、そんなに思い詰めなくても、こいつ風邪じゃ死なないから。大丈夫だよ」

俺を置いて、俺の弟子と俺の兄が急速に距離を縮めている。ちょっとした疎外感と気分のもやつきを感じたが、体調が悪いせいだろうと黙っていた。

「和臣、熱測って待ってろ。車呼んだから」

突然会話が俺に向き、返事をする間もなく渡された体温計を、のそのそと脇に挟んだ。

葉月がじっと俺の動きを一つ一つ見てきて、なんだか落ち着かない。

「水瀬さん、和臣を病院連れて行く間、清香をお願いしてもいいかな？」

「はい」

妹を抱えた兄が葉月を連れて廊下へ出て行って、すぐに一人で戻ってくる。手には冷却シートを持っていて、しゃがんで俺の額に貼った。

「和臣、タクシー来たから行くぞ」

俺の返事を代わるように、体温計がピピピとなった。もう自分で見る気力もなくて、脇から引き抜いた体温計をそのまま兄に渡す。

「……げ、四十度超えてんのか。しんどいだろ、早く言え」

兄はさっと俺を担いで車に乗った。いくら身長差があると言っても、こんな荷物みたいに持つな。そう思ったのは確かなはずだが、それからはよく覚えてない。

次に気がついたのは、病院で年配の看護師さんに点滴を抜かれる時だった。

「あれ」

「だいぶ熱下がったな。帰るぞ」

視界の中に兄の顔が入ってくる。どうやらベッドの横の椅子に座って待っていたらしい兄は、携帯を懐にしまって立ち上がった。

「……おう」

後を追おうとベッドから降りた時、兄がしゃがんで一瞬にして俺を担いだ。嘘《うそ》だろ、地面が遠い。

「おい！　歩けるから、下ろせ！　ばか兄貴！」

「急に元気になったな。でもダメだ」

兄に担がれたまま、病院の外のタクシー乗り場まで連れて行かれる。兄が呼んだらしいタクシーに乗せられ、隣で兄が行き先を告げているほんのわずかな間に、ふと瞼《まぶた》が落ちそうになった。

「和臣、眠いなら寝ろよ」

「眠くねぇし」

本当は眠くて仕方なかったが、意地で起きていた。兄が小さく笑った気がして、わざとふいと顔を背けて窓の外を見る。暗い窓ガラスには、自分の顔が反射してしまって外がよく見えなかった。

「和臣、あの子の師匠になったんだって？」

「……悪いかよ」

「いいや。やっとこっちに戻ってきたかと思ってね」

何も言えずに、下を向いた。下を向いても、ただ自分の靴が見えるだけだった。

「……ごめん」

なんとか絞り出した俺の声に、兄は大きくため息をついた。ビクッと、思わず全身が震える。

しかし、続いた兄の声は予想よりずっと柔らかかった。

「お前、馬鹿だから勘違いしてると思うけど。俺はお前には負けないよ。もちろん、静香《しずか》もな」

「……」

本当はもう逃げ出したくて仕方なかったが、車内には逃げ場などなく、仕方なく目を瞑った。兄は今、どんな顔をしているのだろう。

「お前がいくら天才だと言われても。俺は第七隊隊長だぞ？　お前ごときに負けるか」

「……うん」

「だから、変な気遣うな。お前は、思いっきりやれ。兄ちゃんも頑張るから」

もう答え方もわからなくて、目を閉じたままずっと鼻を啜《すす》った。暗い視界と車の揺れに、頭の奥が鈍くなって、温かい睡魔が襲ってくる。これ以上この話をしたくなくて、もう眠気に抗《あらが》うのはやめた。急速に、音が遠ざかる。

「和臣？　……寝たのか？　全く、お前は本当に人の話を聞かないな」

最後に、柔らかな笑みを含んだ息の音を、聞いた気がした。


目が覚めたときには日が昇っており、自室の布団の中にいた。寝癖もそのままに居間に顔を出せば、怒り冷めやらずの妹と無表情の葉月に食卓に座らされ、グイグイと匙《さじ》を口に突っ込まれ無理やりお粥《かゆ》を食べさせられる。兄はニヤニヤとその様子を見るだけで、助けてはくれなかった。

「和兄！　ちゃんと食べて！　食べないから風邪引くんだよ！」

「おかゆはお兄さんが作ってくれたの。私は、ネギを入れておいたわ。風邪に効くらしいの」

　ふとみれば、さっきから葉月が執拗《しつよう》に俺の口の中に突っ込んできていたのは、長ネギの下半分だった。ネギを入れるって素のままで、というか口に直接か。しかし葉月の表情からどうやら冗談ではなく本気でやっているらしいとわかって、もう不器用とかいうレベルでは説明できない行動に怖くなって兄を見た。ネギが見えていないのか、はたまた見えた上でなかったことにしているのか、兄はいたってなんでもないような声で言った。

「和臣。剣道教室の夏期短期講習、申し込んどいたからな。体調戻ったら、毎日九時に支部に行けよ」

「は？」

「さっき静香と父さんにも連絡してな。お前はもう少し体力をつけたほうがいいという話になって」

　待って。

　口元に押し付けられるネギをそのままに、嘘だと言ってくれと兄を見る。大丈夫だ、兄は頼み込めば大体なんとかしてくれるし、なんだかんだいつだって俺に甘い。今回だってちょっと駄々をこねれば。

「和兄、もっと運動して！　運動しないから風邪引くんだよ！」

「清香もそう思うよなぁ」

兄が妹に笑いかけた。終わった、兄は誰より妹に甘い。

俺がタケ爺《じい》との夏と迫り来るネギに打ちひしがれていると、兄が満足そうに葉月に笑いかけた。

「葉月ちゃん、こんな弟だけど、よろしくね」

「あっ！　バカ兄貴何言って、っていうか馴《な》れ馴れしく女子高生を名前で呼ぶなよ！　犯罪だぞ！」

「早く食べてちょうだい」

ズゴ、と葉月が持ったネギが口に入った。思わず反射で生のネギを噛《か》んでしまって、あまりの辛《から》さに涙が溢《あふ》れて撃沈する。

「ネギは百薬の長とネットに書いてあったわ」

「調理してぇ……！」

熱は、もう引いていた。

第六章　京都アルバイト戦線

夏休みに入ったというのに、どこへ旅行に行くでもなくタケ爺《じい》にしごかれる毎日にももう慣れた。

今日も、タケ爺に解放された後汗だくの道着のまま縁側に座って、庭で術を練習する制服姿の葉月《はづき》を眺めていた。葉月も毎日この支部に来ているので、この光景を見るのも日課になりつつある。タケ爺のしごきにはなれないが、葉月はどんどんと術の腕を上げているのが見てわかった。

「和臣《かずおみ》、あんた宛だよ」

背後の部屋の障子が開いて、白い封筒を持った婆《ばあ》さんが出てくる。

受け取った封筒にあった送り主は、総能《そうのう》本部。どっと冷や汗が出た。

「お、俺何かしたっけ？　怒られるのか？　罰則か？　ど、どうしよう」

「罰則ならそんなチンケな封筒で来やしないよ」

言われて冷静さを取り戻す。確かに、俺はここ最近なにも悪いことなどしていない。ずっとタケ爺にしごかれるか葉月を見るかしかやっていないのだから、罰則など受けるはずがなかった。ほっと胸を撫《な》で下ろしていると。

「この時期だ、夏のアレだろう」

「へ？　今年？　もう一周したっけ？」

「今年が十年目だよ。もし七年目だったら、あんたの実家の方に届くさ」

「それもそっか」

ビリビリと封筒を開けて、中のプリントの小難しい文に目を通す。全て読み切る前に顔を上げた。

「……めんどくさい」

「あんた、今年はしっかりやるんだよ。節目だろ？」

「だって、場所ここじゃないし」

「仕方ないだろ、十年目なんだから」

「えー……」

婆さんの言葉に半端な返事をしながら、そっと封筒を縁側の脇に寄せる。このまま忘れて帰ろう。

「和臣、これは何？」

いつの間にか縁側に上がっていた葉月が、せっかくベストポジションに置いた封筒を拾い上げた。

「ゴミ」

「……ゴミだとしたら、きちんとゴミ箱に入れなさいよ」

葉月が地球のゴミを見る目で俺を見た。弟子に環境破壊野郎だと思われている。

どうにかエコの精神を育もうとしていると、婆さんが何を思いついたのかポンと手を打った。

「和臣、せっかくだし葉月を連れていったらどうだい？　滅多に出来ない経験だろ」

「……葉月、あと七年待ってくれ」

「何かは分からないけど、そんなに待てないわよ」

呆《あき》れたように腰に手をやった葉月。その横で、婆さんが口を開いた。

「和臣、葉月のためにも行ってきな。この間せっかく免許も取ったんだから」

「……俺抜きで行ったらいいんじゃない？」

「バカ言ってんじゃないよ！　そもそもあんたの仕事だろ！」

とうとう怒り出した婆さん。俺もなんだか謎の勢いが出てきて、負けじと大声で言い返した。

「俺はまだ仕事を受けるとは言ってないぞ！」

「これに拒否権はないんだよ！」

「その日は腹が痛い予定だから無理だ！」

「なにバカ言ってんだい！」

俺と婆さんが立ち上がり、向き合いながらお互い片手で印を結んで、臨戦態勢に入ったとき。

「ねえ、なんの話なの？」

葉月が放ったローキックが俺の脛《すね》に入り、その場にうずくまる。真っ先に俺を倒し婆さんに味方する弟子に、涙が出た。

婆さんは呆れたように俺を見下ろしたあと、すぐに何も見なかったことにしたのか葉月に向き直った。

「夏の仕事の話さ」

「夏の？」

「百鬼夜行だよ」

婆さんが見せた、一瞬の隙をつき走り出す。しかし婆さんも歴戦の術者、俺が縁側から庭へ飛び降りたと同時に、もう印を結んで術を完成させていた。

「【禁縛《きんばく》】」

「は！　二度も同じ術にかかるかよ！」

俺に向けられた婆さんの術を避け、庭を走り抜ける。逃亡成功だ。

達成感に目を閉じ庭を走っていると、後ろで珍しく葉月の慌てたように上擦った声が上がった。

「和臣！　前！」

「は？」

目を開けた瞬間、さっきまで開いていたはずの門扉が目の前に現れ、顔面からぶつかってそのままくずおれる。恐らく鼻が潰れた。何も言えず鼻を押さえていれば、頭上で何かが太陽光を遮った。うっすら開けた目で見れば、箒《ほうき》を持ったタケ爺がこちらをのぞき込んでいる。

「おお、和坊《かずぼう》。前は見て歩けよ」

「タケ爺……」

タケ爺は箒を握り、さっさと門の裏の掃除に戻っていった。

入れちがうように怒った婆さんがこちらへ走ってくる。

「和臣！　全く！　いいからさっさと来るんだよ！」

結局、婆さんに物理的に引きずられて部屋に戻ってくる。俺はもう泣いていた。術関係ないじゃんもう。

「和臣、葉月は初めての百鬼夜行なんだから、しっかり教えてやるんだよ」

「わざわざ遠出しなくても、ここで教えればいいんじゃ……」

婆さんが黙って睨《にら》みつけてきたので口を閉じる。代わりに、葉月が口を開いた。

「おばあちゃん。その、百鬼夜行、って、何かしら？」

「毎年夏の時季になると、私たちがいるこっちと、妖怪がいるあっちの境目が曖昧になるんだ。そこに夜が重なると、普段は出てこられないような妖怪もこっちに好き放題出てくるようになる。だから、妖怪がこっちに溢れないように、術者たちで片っ端から退治をするんだ」

「暑い中、夜から朝までずっと妖怪退治をやらされるんだ。しかも、今年の場所は京都《きょうと》だぞ？　絶対暑いじゃん……」

行きたくないと思うのは当然の反応ではないだろうか。家でアイスを食べながら夏休み特番を見ていた方が楽しいに決まっている。

テンションがダダ下がりの俺を置いて、婆さんと葉月の話は進んでいった。

「今年は十年目だからね。京都にある零《れい》の家が中心なんだ」

「十年？　確かさっき和臣も、七年待てって……」

「百鬼夜行には周期があるのさ」

婆さんが窓の外の山に目をやった。葉月もつられるように外を見る。

「百鬼夜行中は、全国で術者が夜通し妖怪退治をしている。それぞれの地域で百鬼夜行を仕切るのは、十の家と総能の部隊なんだが……力ある霊山ってのは色々厄介でね。ただでさえ他の場所より妖怪が出るってのに、さらに山の力が強まる年があるって言うんだ。百鬼夜行の周期ってのは、正確には霊山の力の周期のことなんだよ。それで十年目は、零の家の山が一番強くなる。だから、京都に術者を集めるのさ」

婆さんの説明に、ふと、葉月が首を傾《かし》げた。

「あら？　それなら、和臣はここでお仕事をするんじゃないのかしら？　この地域は、七《しち》条《じょう》家が仕切るのよね？」

婆さんの呆れたため息がふりかかる。

「普通ならね。七条本家の息子なんて、この時季、地域の外に出ようはずがない。ただ、この子はねぇ……」

「……ちょっと色々あったんだよ」

葉月からサッと目線を外した。今思い出しても苦い思い出だ。

「それは、聞いてもいいのかしら？」

「……昔、免許をとった時によく読まずにサインしたら、夏の仕事を他の地域でも受けることになってたんだ」

葉月がさらに首を傾げる横で、婆さんが本日何度目かわからない呆れた目で俺を見た。

「本来、本家の関係者は自動的に免除されるはずの仕事を、この子はなぜか、わざわざ自分から、選んだんだよ。だから和臣は一般の術者と同じように、総能から要請があればどこの百鬼夜行だろうと手伝いに行くんだ。まあ、家同士の事情もあって、零の家以外には滅多に呼ばれないと思うがね」

葉月が、そっと俺に顔を近づけて小声で聞いてきた。

「……おバカなの？」

「ピュアだったんだ」

葉月は片方しか見つからなかった靴下を見る目で俺を見た。ピュアに泣ける。

葉月は、俺を放って婆さんに話しかけた。

「和臣はお仕事に呼ばれているのよね。私もついて行っていいのかしら？」

「葉月は和臣の弟子だからね。総能が交通費も宿泊費も出してくれるよ」

急に、くんと俺の道着の裾が引っ張られた。見れば、瞬《まばた》きもしない葉月の大きな目と目が合った。

「和臣、行きましょうよ」

「……本当に行きたいの？」

「ええ。京都って面白そうじゃない。それに、妖怪退治の練習になりそうだし」

確実に後半がメインの理由だろう。まだ観光気分の方が可愛《かわい》らしいと思う。

「百鬼夜行って終わるまで何日もかかるぞ」

「夏休みに予定は一つも入っていないわ」

「……あ、いっけね。俺京都アレルギーだった」

葉月が無言でぎゅっと俺の腿《もも》をつねった。慌てて降参のポーズをとる。

「すいません行きます！」

俺の声を聞いた婆《ばあ》さんが、じゃあ返事はしておくよ、と封筒を回収した。あっという間に俺の夏休みが潰れていく。ただでさえタケ爺の剣道教室で大半が消し飛んだというのに。

「ところで和臣、百鬼夜行っていつからなのかしら？」

「来週の月曜日から、まるまる一週間。どうだ、やっぱりやめ」

「私、京都に行くの初めてなのよ」

無表情でも、ワクワク、と音が聞こえてきそうな目の輝きだった。そんな目をされれば、なんだか連れて行かなくてはならない気がしてくる。夏の京都なんて暑いだけだぞ、なんて口が裂けても言えなくなる。鹿がいるのは奈良《なら》だぞ、など口が裂けても言えなかった。

俺が悶々《もんもん》としている横で、婆さんが葉月に笑いかけた。

「葉月、せっかくだし新しい袴《はかま》を用意しようか。免許のお祝いで買ってあげるよ」

「おばあちゃん、悪いわ」

「私が買ってやりたいんだよ。せっかくだしいいのを買おう」

「……ありがとう」

何やら盛り上がっている二人を背に、急遽《きゅうきょ》夏休みの予定を立て直す。

録画しなければならない番組を思い出し、冷蔵庫の中のアイスの消費ペースを計算し直していく。今日は三つ食べれば良い計算だ。完璧。

「和臣、あんたのところで一式買わせてもらうよ」

「まいどー」

適当に返事をしただけなのに、葉月が目を丸くしていた。

「そう言えば、お家《うち》が呉服屋さんって言ってたわね」

「表向きはな」

本業は霊山管理である。ちなみに俺はどちらも手伝ったことがない。とんだプリティボーイだ、許してほしい。

なぜか俺も連れられて向かった店では、俺まで袴を新調してもらうことになった。正直これ以上術者の仕事はする気がないので袴もいらない。しかし、自分で着たの、と袴姿を見せてきた葉月の満足げな口元を見たら、何も言えなくなった。手の中にある葉月と同じ色の袴が、なんだか価値あるものに思えて、慌てて頭を振った。


週が明け、弟子と二人真新しい仕事着を携えてやってきた、京都駅構内。吹き抜けが開放的なそこに立つ葉月は、今日もやっぱり制服姿だった。何かこだわりがあるのかもしれない。一方俺は服に一切のこだわりがないので、今日も兄が昔着ていたTシャツにジーパンを拝借してきた。

「なあ葉月、八ツ橋買おうぜ」

「……」

「あ、抹茶味もいいな。ソフトクリーム買わない？」

どこを見ても土産物屋の駅構内にテンションが上がる。さすが観光地。

俺とは対照的にテンションが上がっていない様子の葉月が、じっとりと目線をくれた。

「和臣、あなたあんなに来たがらなかった割に、楽しんでるじゃない。新幹線の中も楽しそうだったし」

「京都って観光するだけなら楽しいじゃん。あ、千枚漬け食いたい」

目に入った漬物屋に入ろうとして、葉月に首根っこを摑《つか》まれた。ぐえ、と喉が詰まってその場で立ち止まる。

「まずは宿に荷物を置くわよ。それから、かさばるからお土産は最後に買いましょう」

「おー！」

観光のお手本のような葉月の言葉に、片手をあげて応えた。なんだかんだ楽しむ気はあるみたいで安心した。

宿へと向かうために、駅から出て炎天下の中歩くことしばらく。今まで黙って後ろをついてきていた葉月が、不意に俺を呼んだ。

「和臣」

「ん、どうした？　やっぱり八ッ橋は先に買うか？」

「今、どこに向かっているの？」

立ち止まってしまった葉月を振り返りながら、まっすぐ前を指さした。

「宿だけど」

「逆方向よ」

そっと前に向けていた指を下ろした。恐る恐る、無表情の中、額に一粒だけ汗が浮かぶ葉月の顔を窺《うかが》う。

「……分かってたよ？」

「あなた、もしかして方向音痴なの？」

思わず大袈裟《おおげさ》に肩をすくめながら首を振った。これだから素人は。

「いいか？　俺が認めなければそれは可能性の域を出ない。事実として認められないんだ。よって俺は方向音痴ではない」

「……ついてきてちょうだい」

黙って歩き出した葉月の後を付いて歩く。二十分もしない内に、宿の看板が見えた。うん、本当は俺もこの道だと分かっていたけどな。ちょっと寄り道しただけだけどな。

「おこしやすー」

旅館のエントランスに入った瞬間、品の良《い》い着物を着た女将《おかみ》がやってきた。荷物を持ってくれようとしたのを断り、それぞれの部屋に案内だけしてもらう。鍵を受け取った後、葉月にエントランスで合流しようと携帯でメッセージを送って部屋を出た。向かったエントランスではすでに、葉月がそわそわと落ち着かない様子ですみに立っていた。

「お待たせー」

「……ちょっと！」

俺を見つけた葉月が、ツカツカと寄ってきて小声で言った。

「この宿は何？　あなたのお家よりも大きいじゃない！」

「いい宿だな」

女将さんも丁寧で、建物も全体的に落ち着いた雰囲気があった。

「部屋に露天風呂までついてたわ！」

「やったな」

葉月は庭に生えたキノコを見る目で俺を見た。

「一体どうして、タダでこんな宿に泊まれるのよ」

「俺は一応七条の関係者だし、特免《とくめん》持ちだからな。仕事の時はいい宿手配して貰《もら》えるんだ。あ、感謝してくれてもいいぞ！」

「高校生が泊まるような宿ではないわ……。和臣、しっかり仕事をこなすわよ！」

先ほどまで落ち着かない様子だったのに、いきなり顔を引き締めた葉月。その様子に、俺の方が戸惑った。

「なんで気合い入れちゃうの？　せっかくだし宿でゴロゴロしようぜ。絶対楽しいから」

「この宿に見合った働きをするわよ！」

見たことないほどやる気で満ち溢《あふ》れた顔の葉月。そのままくるっと踵《きびす》を返して、なぜか今きた廊下の方へ進もうとしながら俺を呼ぶ。

「和臣、新しく札を作ったから見て欲しいの！　それに、今からもう少し書くわ！」

「……観光は？」

八ツ橋は、抹茶アイスはいつ買うのだ。

「すぐに和臣の部屋に行くから待っていて！」

見たこともないぐらいに張り切った葉月は、長い廊下を跳ねるように駆けていった。

部屋で弟子の札を見続けて、夜。

新しい袴を着て目をキラキラとさせている葉月を横目に、俺の気持ちは沈んでいた。

「……帰っていいかな？」

「妖怪はいつ来るのかしら？」

「……」

俺たちに割り当てられた仕事場所は、まさかの山の目の前の無人駅だった。

本来、霊山の管理をしている家の関係者以外をその山の近くに置くことはない。

それなのに何故《なぜ》か、俺は目の前に大きくそびえる山を見つめながら、夜のベンチに座っている。

「帰りたい」

両手で顔を覆って呟《つぶや》いた。よそ者をこんな山の近くに置かないでくれ。危ないだろうが。

どんよりと沈んだ俺とは対照的に、葉月は見たこともないほど生き生きとしていた。

「和臣！　あれは妖怪かしら？」

「……ビニール袋だよ」

「あら、ちゃんと捨てないとね」

葉月はスキップでもしそうな足取りで、道に落ちたビニール袋を拾ってゴミ箱に入れた。

しかし、やる気に満ち溢れた葉月の期待を裏切って、初日に妖怪は出なかった。


次の日の昼。

「和臣、術を教えて欲しいの。上級にも挑戦したいわ！」

「……寝ようよ。今日も夜仕事だから」

俺の部屋のドアの前で、キラキラ目を輝かせて立っている葉月。俺は寝起き姿のまま、ドアに体を預けて全力で二度寝させてくれというオーラを出し続けている。しかし、目の前の葉月の眩《まぶ》しさに全てかき消され、全く気がついてもらえそうにない。

「お願い和臣、ちょっとだけにするわ！」

「……」

葉月に術を教えたはずが、教え方があまりにも大雑把すぎたのか弟子に精神を破壊された後。

今日も見知らぬ山を見つめながら、出てくる気配もない妖怪を待っていた。

「和臣、あれは妖怪かしら？」

「どう見ても野良猫だろ」

「……にゃあ」

ぎょっとして葉月を見ると、いつもと同じ無表情で猫を見ていた。ただ、耳が真っ赤に染まっている。

「じょ、冗談ぐらい、私も言うわ」

葉月のところどころひっくり返った小さな声に、なんだか心が痛んだ。妖怪が出なさすぎて俺の弟子おかしくなってきちゃった。

「……葉月、そろそろ妖怪でるよ」

「……」

「百鬼夜行だから。きっともう少しで大量に出てくるから。だから……、もうちょっと我慢してくれ」

葉月は耳を真っ赤にしたまま、無言で猫を撫《な》でに行った。

その日も、妖怪は出なかった。


次の日の昼。

「和臣……札を見て欲しいの……」

「……」

また寝起きの浴衣のまま、ドアにもたれて葉月を出迎える。対して葉月は、昨日までの輝く瞳をどこに落としてきたのか暗い瞳で、いつもなら無表情にもかかわらず今はうっすら笑みすら浮かべていた。どう見てもダークサイドに落ちかけている。

とりあえず私服に着替えてから、葉月を部屋に招き入れる。少しでも気を紛らわせようと、普通では習わないレベルの札の書き方を教えることにした。二人して黙々と札を作っていると、葉月が札を手にポツリと呟いた。

「こんなにたくさん線を書いたら、使うのが大変じゃないかしら」

「大変だけど、一枚ぐらい大袈裟な札があっても意外に便利だぞ。切り札ってやつだな」

「……あなたが作っているソレは、ふざけているようにしか見えないけれど」

俺がさっきからチクチクと、自分の霊力でできた糸を細かく縫いつけて術を書き込んでいる布の札を、葉月が冷たく見下した。

　確かに、全体の線が猫に見えるようにしてはいるが、術の書き込みの量とレベルは尋常ではない。出来上がって全体を眺めてみても、これだけの札をこれだけ可愛《かわい》く書ける術者はなかなかいないだろうという自負があった。しかし、葉月が書いた札の何十倍も霊力を使うだろうし、そもそも霊力の通り道が俺の糸でできているので、俺ですら相当うまく霊力を流さないと発動すらしないだろう。切り札だなんだと言っておいてなんだが、これは全く実用を想定していなかった。

「この京都旅行の思い出にと思って。葉月猫記念札」

「破くわ」

「うわーー!! やめてやめてこれ作るの大変だったんだぞー!」

　伸びてきた葉月の手から札を隠す。ちょっとしたからかいのつもりだったのに、俺を見る葉月の目は「本気《マジ》」だった。

　なんとか札を守り切り、お互い札を書く作業に戻った。無言の時間が続く。

「そういえば、葉月ってなんでずっと制服なんだ?」

　札を書き終わって暇になり、ふと目の前の葉月を見て疑問がこぼれた。今日も制服姿の葉月は、スカートの裾をチラリと見てから、なんでもないように言った。

「これしかないから着ているだけよ」

「ん？　これしかないって、制服が？」

「私服がよ」

そんなバカな。

「他の服は洗濯したらなくなったの」

「そんなバカな」

どこの世界の洗濯の話をしているんだ。それか私服全部紙でできてたのか。

怯《おび》える俺に気づかないのか、葉月が淡々と話しだす。

「制服はクリーニングに出すからなくならないのよ。それに、不良品の洗濯機を買い替えるために、他の出費をしている場合ではなくなったの。でも私服を着る機会もないから、問題はないわ」

「あるだろ」

私服を着る機会がないってなんだ。学校がない日は基本私服を着るものなんじゃないのか。

混乱する俺の横で、葉月がふと目線を落とす。

「……誰とも出かけないんだもの。いらないのよ」

「よーし観光に行こう！　せっかく京都に来たんだから、色々まわろうな！　観光用の服も買うぞー！」

無理やり明るく笑って、葉月を引っ張って外に出る。じりじりと夏の太陽が肌を焼いたが、暑さのせいではない汗が背を流れた。俺が考えなしにふった話題のせいで葉月の笑顔を奪ってしまった。いや、元から無表情なのだが、そういうことではなくて。

急いで近くにあったショッピングモールへと入り、女性服売り場を探していれば、背後で葉月が声を上げた。

「ちょっと待ってちょうだい。さっきも言ったけど、私、服を買っている場合じゃ」

「俺が買うよ。合格祝いまだだったし」

葉月がきょとんと目を丸くし、首を傾《かし》げた。

「……お祝い？」

「俺師匠だから。あ、洗濯機の方がいいか？」

今回の百鬼夜行の報酬が入れば、洗濯機ぐらいは買えるだろう。私服をなくす葉月が洗濯機を使いこなせているのかという疑問はひとまず忘れることにする。

葉月は何か言いたげに口を開いては閉じ、結局何も言わず顔を伏せた。少し待てば、床に吸い込まれて聞き逃しそうなほど小さな声で「服がいいわ」と言って、とある店を指差した。お手頃な価格で有名なアパレルショップの、夏のセールの看板が掲げられた女性服コーナー。そこで立ち止まった葉月は、しばらく棚を見回してから、ポツリと言った。

「……ねえ。あなたが選んでちょうだい」

「えっ」

「高校生の流行《はや》りの服がわからないの」

そんなもの俺だってわからない。しかも女物となると、もはや未知の世界だ。しかし、そんな不安そうな目で見られれば、断ることもできない。

恐る恐る、棚から服を選んで葉月に差し出す。

「……ふざけているの？」

薄緑の生地に「TOKYO」と真っ赤な文字がプリントされたシャツと、濃い緑色に星柄のスカートを持った葉月が、ファッションモンスターを見る目で俺を見た。

「私でも、これが女の子の間で流行っていないのはわかるわ。それにここは京都よ」

「お、オッケーオッケー。今のは葉月のセンスを探るジャブっていうか。本命はこっち」

慌てて次の服を渡せば、今度こそ葉月の目から温度が消える。その様子に、ダラダラと冷や汗を流していると。突然背後から世界一キュートな声がかかった。

「あれ？　あんたまさか、七条和臣？　それに……水瀬《みなせ》さん？」

「ゆかりん!?　ゆかりんじゃないか！」

急に現れた救世主に思い切り縋《すが》る。ゆかりんは深くキャップを被《かぶ》り、さらりとした黒いTシャツにワイドパンツで完全にあの美脚を隠していた。俺たちを見つけて帽子の下で大きなサングラスを外したゆかりんは、目を丸くしていた。そんなゆかりんに、パンと手を合わせて頭を下げる。

「頼む！　流行りの服を教えてくれ！」

「はあ？」

斜め後ろで口をへの字に曲げ、そっぽを向いている葉月を指さす。葉月の手には、青字に「女侍」と書かれたタンクトップと、デニムにピンク色のペンキが飛び散ったようなデザインにドクロマークがプリントされたズボンがあった。

「……あんたたち、地獄のファッションショーでも始める気？」

「本気で選ぼうとはしたんだよ……でも俺に！　女子の服の流行がわかる訳ないだろう!?　呉服屋のダメ息子だぞ!?」

「なに意味不明にキレてんのよ……。てか流行りの問題じゃないでしょこれ」

ゆかりんはドン引きの様子だったが、俺が選んだ服を睨《にら》みつけている葉月を見て何か思うところがあったのか、「仕方ないわね！　アイドルのセンス見せてあげるわ！」とドヤ顔で葉月を連れ店の奥へと消えていった。

「はー楽しかった！　水瀬さんなんでも似合うんだもん。今回はシンプルにまとめたけど、今度は私のお気に入りの店に行きましょ！」

服屋を出て、ゆかりんへのお礼として個室のカフェに入った。にこにこ可愛いゆかりんは、席に座るなり特大抹茶パフェを二つ注文していた。

ご機嫌なゆかりんに隣に来るよう言われた葉月は、ずっと静かにアパレルショップの紙袋を抱えて座っていた。アパレルショップを出てからやけに静かな葉月が心配で、俯《うつむ》きがちな表情を窺《うかが》う。

「……二人とも、ありがとう」

謎の衝撃が脳を揺さぶった。葉月が、紙袋を抱きながらほんのり頬を染めて、そっと目を細めている。本来形の良《い》いはずの口元が、嬉《うれ》しさを堪《こら》えきれないというようにぎこちなく引き上がっていた。

それを見て受けた正体不明の衝撃は収まらず、とうとう鼓動まで狂い始めた。まさか。

「こ、これが、母性……？」

「七条和臣、あんた何言ってんの？」

ゆかりんは仕掛けがまる見えのマジックショーを見る目で俺を見ていた。ゆかりんのキュートな顔を見ていれば、だんだんと心臓が落ち着きを取り戻し始める。さすがアイドル、見ているだけで癒《いや》される。

「そういえば、あんたたちなんで京都にいるの？」

「百鬼夜行の手伝いに来たんだよ」

「はあ？　ここ京都よ？」

話せば長くなるんだなー、と笑えば、ゆかりんは興味がないのか適当な返事とともにぱくりと抹茶パフェを口に入れた。

「ねえ。それよりあんたたち、初日から京都にいるんでしょ？　今年の京都はおかしいって、本当？」

薄々気になっていた疑問に、思わず押し黙る。百鬼夜行といえば、普段からは考えられないような量の妖怪が出る。術者たちは皆対応に追われる、一年に一度のビッグイベントのはずだ。それにもかかわらず、中心地の山の近くに数日いて妖怪を一匹も見ないなど、異常でしかない。

「ゆかりん、他の所も妖怪が出てないのか、知ってる？」

「京都以外はいつも通りよ。私も昨日まで三条《みじょう》の山にいたんだけど、大量だったわ。今日は特免の実地試験に来たのよ。でも、妖怪が出なさすぎて中止になりそうで……このまじゃ免許が取れない！　なんで妖怪が出ないのー！」

だんっと床を蹴ったゆかりんの隣にいる葉月が、拳を握り強く頷《うなず》く。

「そうよね！　妖怪が出ないなんておかしいわよね！　これじゃあお給料泥棒よね!?」

「おかしい！　このままじゃ帰れないんだから！」

二人はそのまま意気投合して、ずっと楽しそうに話していた。ゆかりんはパフェを五個平らげ、葉月もしれっと二つのケーキを食べた。俺は見ているだけで胃がもたれてきて、お茶だけ飲んでいた。

その日の夜も京都に妖怪は出ず、翌日には、やけにテンションが高い葉月とゆかりんが俺を連れて大食いツアーを決行した。


結局妖怪を一匹も見ないままやってきた、百鬼夜行五日目。

なぜかゆかりんも一緒に、山の目の前の駅のベンチで妖怪を待っていた。どうやら本当に特免の実地試験は中止になったようだが、怖くてゆかりんには聞けなかった。

黙って大きな山を見つめながら、土産にも買った千枚漬けをかじった。

ゆかりんは今日もあの素晴らしい格好をしていた。そして先ほどゆかりんが電車から降りてきた時に気づいた新事実だが、あの素晴らしい袴《はかま》の腰についた邪魔布、あれはスカートの半分を留め具で留めているような構造らしく、留め具を外してしまえばただのロングスカートになってしまうらしい。あの素晴らしいゆかりんの脚が夏にうかれた野郎どもに見られなかったことは嬉しいが、あの布への憎しみは増大した。

「……」

三人もいるのに、誰も何も話さない。ゆかりんと葉月からは、何か黒いオーラが出ている気がした。

やはり黙ってぽりぽり千枚漬けをかじる。

ぽり、ぽり、ぽり。

ぽり、ぽり、……ぽり。

「【烈《れつ》】」

葉月がとうとう、転がっている空き缶に術をかけ始めた。

「【禁蹴《きんしゅく》】」

ゆかりんまでも空き缶に術をかける。

あっという間に空き缶は見るも無残な姿になってしまった。

そっとベンチから腰を上げ、かわいそうな空き缶を拾ってゴミ箱に入れた。

その日は女子たちが三つの空き缶をいじめて終わった。

次の日。ゆかりんと葉月は、先ほど俺が買ったコーラの缶を執拗《しつよう》にいじめている。

その後ろ姿を見て、心が痛いのは何故《なぜ》なのか。

「お？」

いきなり、胸元に入れていた携帯が震えた。

表示された発信元は総能本部の、今回の京都の百鬼夜行の担当者。どうせ今日はもう妖怪が出ないから早帰りしていいという連絡だろうと、軽く通話ボタンを押した。

「はーい。七条ですけど」

「溢《あふ》れた！！！」

「……はい？」

思わず聞き返した。電話越しに叫ぶものだから、マイクの音が割れてしまっている。しかし相手はそんなことに構っていられないのか、また大声で叫んだ。

「山の近くにいるな！　早く逃げろ！」

「えーっと？」

「溢れたんだよ！」

慌てすぎて何を言っているのか分からない。

溢れたとは、なんだ。

逃げると言ってもどこへ、何から逃げるんだ。

「あの、何かあったんですか？」

「狐《きつね》だ！　九尾が出たんだ！　境界なんて関係ない！　大量の妖怪が山から溢れた！」

「……は？」

今、何が出たと。

「今は零様が抑えているがもう持たない！　じきに他のも山から溢れる！」

「ちょっと、まて……。溢れたんなら、退治しないと！　山から出たら、すぐそこに一般人がわんさか住んでるんだぞ！」

「無理、無理なんだよ！　山にいた零の関係の術者もほとんどやられた！　普通の術者が敵《かな》うわけないだろ！」

「っなんのために集めたんだ！」

思わず怒鳴り返した時、電話の向こうが騒がしくなる。声の奥で、何かものが潰れるような雑音が聞こえた。

「うわぁ！　ま、まずいぞ！　溢れ出した！　早く逃げろ!!」

ぶちんっと電話が切れた。真っ暗になった画面から耳を離す。

目の前の山を見ても、昨日との違いは分からない。

ただ、肌がピリつく。どこか空気が変わった。

「和臣？　どうしたのよ、急に大声なんて出して」

空き缶を捨て、不思議そうに寄ってきた二人。

葉月の両肩に手をおいて、努めて静かに言った。

「いいか。よく聞け。二人とも、今すぐ電車に乗って京都から出ろ」

ポカン、と二人の口が開く。それでも、早口にならないよう意識して、じっと目を見ていった。

「この時間ならギリギリ電車が動いてる。電車じゃ無理そうならタクシー拾え」

葉月に自分の財布を握らせて、背中を押して二人を駅に向かわせる。二人ともはじめは抵抗したが、俺が冗談を言っているのではないと気がついたのか、文句を言いつつも歩き始めた。

「ちょっと和臣、どういうこと!?」

「七条和臣！　私も!?」

「急げ。絶対に、戻ってくるなよ」

二人同時に、「ちょっと！」と文句を言われる。しかし、そんなことは気にしていられず二人を電車に押し込んで、走り出した電車を見送った。

線路に響く音が消え、一人になって。駅から出て、山を睨んだ。

目線をそのままに携帯を取り出す。電話帳から、一つの番号を押した。たった数コールででた相手は。

「和臣！　今百鬼夜行なんだよ！　兄ちゃんも仕事してんの！」

ガサガサ、と兄の声の後ろに雑音が聞こえた。電話から口を離して、おそらく自分の隊の部下たちに指示を叫ぶ兄の声も。

「兄貴、まだ連絡いってないか？」

「はぁ？　何のことだ」

「京都で九尾《きゅうび》が出た」

「は」

兄の声が消える。代わりに、知らない女性の声が兄を呼ぶのが聞こえた。すぐに、兄が礼を言う声がマイクを通る。構わず、続けた。

「葉月は帰らせた。上手《うま》く行けば今日中に京都を出るから、誰か迎えによこしてくれ」

「おい……葉月ちゃんは、って……お前は？」

「妖怪が溢れたんだ。このままだと、一般人の所まで来る」

「お前はっ⁉」

滅多に聞かない兄の必死な声に、ふっ、と鼻から笑いが漏れた。

「俺、一応しっかり仕事はこなすタイプなんだよ」

「おいっ！　おいっ！」

「それに、俺ゆかりんのファンだし」

電話越しに、兄が俺の名を呼んだ。

「俺、葉月の師匠だし」

「和臣！　話を聞け！」

「思いっきり、やってみようかな！」

「頼む！　話を聞いてくれ！」

通話を切る。もう気を取られることのないよう携帯を遠くへ放って、しっかり装備してきた手袋と指環《ゆびわ》を確かめた。

ここは山の目の前。幸いこの前方には、ほとんど人は住んでいない。問題はこの後ろ。普通に、たくさんの人が住んでいる。

それに、葉月たちの乗った電車もある。

俺は、ゆかりんのファンだ。ゆかりんには次の大食い対決も頑張ってもらいたい。

俺は、葉月の師匠だ。何も教えられなかったが、せめて。

せめて、弟子は守らないといけない。

大きく息を吸って、吐く。

山がおかしな色を帯び始めた。それは、全て妖怪だ。もちろんただの雑魚も多い。ただ、土蜘蛛《つちぐも》なんて軽く食ってしまう妖怪も、人なんて一口で食ってしまえる妖怪も、沢山いる。

まだここには来ない。来てからでは遅い。

この周辺の能力者は零の家の関係者ばかり。恐らくほとんどが山の中に行ってしまっているだろう。

つまり。頼れるのは、自分の十本の指だけ。今日持ってきた札はたったの十枚。こんなもの、なんの足しにもならない。

大きく息を吸って、吐く。

瞬きにも満たない間に、俺が今できる最大の量の糸を出した。辺りに糸を巡らせ、できるだけ広い範囲に糸を張り詰める。

大きく息を吸って、吐く。

地面に、つま先で一本線を引いた。強く、強く。何度も。決して消えないように、決して忘れないように。

決して、越えさせないように。

大きく息を吸って、吐いて。

その線を、飛び越えた。


山から溢れた妖怪がだんだんとハッキリ見え始める。

大丈夫。このぐらいなら何とかできる。

俺は散々、耳が痛くなるほど天才だと言われてきたじゃないか。こんなもの、何ともないだろう？

すっと、もう一度大きく肺に空気を取り込んで。

「七条家が術者、七条和臣！　お勤め、全うさせていただきます！」

糸が震えた。

山から溢れた妖怪が、まるで寒天のようにするりと切り刻まれた。

そんな様子を睨《にら》む俺は、その場に立ったまま。

この程度なら、動くまでもない。

妖怪たちはその後も、張った糸に勝手にかかってそのまま細切れになる。糸を張った範囲が広いため、取り逃がすことは決してない。糸から微《かす》かに伝わってくる震えから、遠くで刻まれた妖怪を予測する。今のところはほぼ雑魚ばかり。数を数えるのはとっくにやめていた。

俺は、天才だ。

これだけだとただの可哀想《かわいそう》な人で、葉月にドン引きされる。

しかし、これは自称ではなく、事実なのだ。周りが散々囃《はや》し立《た》てて、思い込んでしまった訳でもない。それこそ悲惨だ。

まず、俺は霊力がバカみたいに多い。

これだけ大量の糸を自分の霊力だけで出せる時点で、普通からは外れている。

だが、俺はこれだけで天才と言われている訳ではない。

この程度、兄貴も姉も持っている。

俺の家、七条が使う糸。

これは術者を選ぶ道具だ。

まず、霊力を糸にできるかどうか。ここで才能の壁にぶつかる。

そして、糸を自在に操れるようになるか。ここでセンスの壁にぶつかる。

さらに、出せる糸の数。またしてもここで、才能の壁にぶつかる。

自分の指の数だけ出せれば上等、片手で十本出せれば秀才と言われる中。

俺は片手で千を超える糸を出す。

だが、これで天才と言われている訳ではない。

この程度、兄貴も姉も難なくできる。

俺が天才と言われる理由。

俺が、七条家稀代《きたい》の天才と言われた理由。

次期当主の兄と、補佐役の姉。俺が生まれるまで神童と言われていた二人が、その立場を危ぶまれることになった理由。

それは。

「余裕だな」

俺は糸を使うという感覚がない。

俺は、糸一本一本に対する感覚が鋭すぎた。

自分の手足より簡単に、自分の思考より繊細に。俺が思うより早く、最も適切な答えを、糸が導き出す。

他の術者が糸を動かそうとした瞬間。その瞬間は、俺の糸がもう答えを出した後だ。

俺はそれを大量の糸でこなした。

それはそれは驚かれた。

それもそうだろう。まだほんの子供が、ぼーっと立っているだけで妖怪を細切れにするのだから。

「余裕だな！」

目の前。糸にかかる妖怪の位が上がり始めた。五匹の土蜘蛛が細切れになり、三匹の小鬼が首を落とした。

腕を組んだまま山を睨む。

多少妖怪の位が高かろうが、図体《ずうたい》がデカかろうが、糸の強度より軟らかいなら問題ない。

それに、糸にもっと霊力を込めてしまえば硬さすら関係なくなる。

相手が妖怪というだけで、霊力の糸に触れた瞬間塵《ちり》になるだろう。

「ふははは！　この程度か！　これだったらいくらでも耐えられるぞ！」

誰もいない駅前で、大声で叫ぶ。

一切の不安はない。あってはいけない。術者にとって、これは一番大事なことだ。

怖気《おじけ》づけば負ける。だから、奮い立たせるのだ。自分で自分を、己の矛盾に気付かぬように。

「明日ゆかりんのグラビアの発売日じゃん。あ、明日はちゃんとお土産買う予定だったし！　八ツ橋買っていこう！　清香《きよか》は八ツ橋好きだからな！」

楽しみだ。楽しみで仕方ない。
今ここでスキップしそうだ。
「ああ！　抹茶アイス食べよう！　帰りに買っていこう！」
胸が弾む。心臓が弾《はじ》けそうなくらいバクバクと脈打っている。
「ああ楽しみだ！　楽しみすぎて眠れないぜ！」
じっとりと、全身に汗が滲《にじ》む。
妖怪どもが細切れになっている、後ろ。
境界など関係ない。俺たちとは次元が違う。
境界を超えることが出来るなんてものじゃない。
境界の上で優雅に微笑《ほほえ》む、ソレ。
まだまだ遠く、顔など見えるはずもないにもかかわらず。
黄金色《こがねいろ》の女は、その赤い唇を引き上げて、どこまでも美しく笑った。
「……っ！」
降りてきた、降りてきた降りてきた！
女がゆっくりと山を下る。
優雅に、優美に、艶《あで》やかに。
見惚《みと》れるような美しさと、心臓を摑《つか》まれたような冷たさと。

あくまで超越者として、こちらとあちらの境界を弄《もてあそ》びながら。

美しく微笑みながら、降りてくる。

ソレの周りの妖怪は弾け飛んだ。あの女と位の差がありすぎて、存在すら許されなかったのだ。

誰も、何も止められない。止めることを許されない。

それは、その意思は。曲がらない、曲げられない。目の前にあるものはただ消えるだけ。

その優雅な歩みを止めることなど、下々にいる者たちには、許されていないのだ。

「……ふ、ふふふ。あっはっはぁっ！　おい！　バカ狐《きつね》！　俺は、俺はな！　味噌汁《みそしる》に油揚げは入れない派だ！　お前とは相容《あいい》れないんだよ！」

震える膝を無視して、叫ぶ。

大丈夫、俺はできる。俺は天才。俺はモテる。俺がダメでも俺の糸は絶対に裏切らない。

絶対に全てを切り刻んでくれる。

「かかってこいやぁっ!!」

びしっと、持ってきた紙の札を一枚放つ。

自身の足元で働き出したその札は、半径二メートルほどの小さな周囲に結界を張った。

ただ、こんなものはあれにはなんの役にも立たない。あれにかかれば間違いなく、紙よりも簡単に引き裂かれる。そんな、気休めの中。

ソレが、こちらを見た。

黄金色の瞳が、俺を、捉えた。

「……っ!!」

叫び出しそうなのを堪《こら》えて、全力で笑う。

とうとう、黄金色の女が、山を出た。

ゆっくり向かってくるソレを見つめながら、糸にかかった妖怪を刻み続ける。

「俺は！　どちらかと言うと！　おいなりさんは！　デザートだと思う！」

もはや雑魚などいない。

ほとんどが危険度Aクラス以上。退治のために、熟練の術者で隊を編成するレベル。

そんな化け物どもを、糸が形を保てる限界まで霊力を叩《たた》き込んで、吹き飛ばした。

「【空縛《そらしばり》】！」

糸に噛《か》み付いてきた鬼は術で消し飛ばした。

ゆっくりと歩く黄金色のソレが近づく度、周りの空気が震え出す。

空に浮かぶ月が、怪しい紅を帯びていた。

「【滅《めっ》糸《し》の三《さん》・至《し》羅《ら》唄《べい》糸《と》】!!」

俺を食い殺そうと目の前に溜《た》まった妖怪どもを、空に向かって垂直に伸び上がった銀に輝く糸が貫いた。

そして、その全てを、天から降ってきた銀の糸が包んで締め上げる。

小さく小さく圧縮して、ビー玉ほどにまで引き絞る。

左手の指環《ゆびわ》が、ミシミシと悲鳴をあげた。

このレベルの妖怪を、こんなにも大量に締め上げるなんて、完全に術のキャパを超えている。それを、無理やり左手の糸を使って圧縮していった。

「よしっ！」

糸がほどけた時には、何も残らない。

すぐに左手の糸を、他の妖怪の対応に当てる。チラリと、目線を戻せば。

「……来たな……!!」

目の前、約三百メートル先。

優雅に佇《たたず》むのは黄金色の美女。

ソレは、相変わらずこの世のものではない美しさを湛《たた》え、ゆっくりとこちらに向かって微笑んだ。

「……っ！」

ソレが一歩足を踏み出すと、明らかに一歩では進めない距離が縮まる。

左手は妖怪どもの対応に残して、右手の糸を全てソレに向けた。まだ、距離はあった。

距離は、あったのに。

「あっ……」

ソレが、くすりと笑った。

体の芯から何かが這《は》いずる感覚。

膝が震えて、歯の根が合わない。

ソレがもう一歩踏み出すと、もう五十メートルも距離がなかった。

「あっ、あっ！」

思考が固まり、知らずのうちに右足が一歩引き下がる。

ガチガチと歯が音を鳴らす中、俺の左手の糸だけは変わらず妖怪を刻み、右手の糸は黄金色の美女に向かっていく。もう、全て自分の意識の外の出来事だった。

『……？』

ニッコリと笑ったソレは、俺の目を見て小さく首を傾《かし》げた。

「……ひっ」

もう一歩、足が下がる。

俺の糸は、届かないソレを刻もうと動き続ける。

『ねぇ？』

それ、が。言葉、を、放つ。

鈴を転がしたような、水が流れるような、美しい声で。

それを聞いただけで。

俺の心は、折れた。

「う……あぁっ……!!」

もう一歩、震えた足が後ろへ下がる。

『かわいい子。どうしてそこにいるの？』

「あっ……あぁ！」

『ねぇ、かわいい子。楽しい夢を見ましょう？』

すっと、美しい着物を連れた真っ白い腕が上がる。

その光景に、思わずぎゅっと目を瞑《つぶ》った。


「和臣!!」

腰に何か、温かいものがしがみついている。

温かい、温かい。

そこで、自分が芯から凍えていたことに気がついた。

「和臣!!　踏ん張りなさい！」

「七条和臣！　ちょ、ちょっとこれは予想外よ！　どうしよう！　私今週大食いの仕事あるのに！」

『ねぇ、かわいい子。いらっしゃいな』

それが、ゆっくりと手招きをする。

俺の腰にしがみついて、俺がこれ以上後ろへ下がらないように踏ん張っていた二人が、びくっと震えた。

よく見ると、ゆかりんは膝がガクガクで、俺を支えるというより俺が支えている感じだった。

葉月は目に涙を溜めて、俺の腰を力いっぱい抱く。

正直苦しかったが、温かかった。

「……ふふ、あはははは！　……よしっ！」

大袈裟《おおげさ》なほど大きく笑って、足にぐっと力を入れ直し、腰を落とした。

その拍子にゆかりんがガクッと膝を折ったが、俺から手は離さなかった。

「【八壁《はちへき》・守護《しゅご》・十歌《とうか》】!!」

俺達とソレの間に巨大な八角形の壁が現れる。

半透明なそれは、十枚が重なって花のように見えた。

「……十枚!?　この大きさで!?」

ゆかりんは膝だけではなく全身をガクガクに震わせながら、驚いたように声を上げた。

その声に、歯を見せて叫ぶ。

「はは！　ゆかりん！　俺はな、結構天才なんだよ！　【滅糸《めっし》の一《いち》・鬼怒糸《きぬいと》】!!」

一気に、周りの妖怪を全て片づけた。

同時に、負荷に耐えきれなかった左手の指環がいくつか弾け飛ぶ。

『ねぇ、かわいい子』

ソレが、ゆっくりと向かってくる。

ソレの指が触れただけで、俺が張った壁のうち五枚が薄氷のように砕け散った。思わずひゅ、と息を詰めるが。

「和臣!!」

「おうよ！」

弟子の声に腹から返事をして、壁を破ろうとするソレを両手の糸を使って抑え込む。

ばぎんばぎん、と右手の指環が全て飛んだ。

しかし、それでも俺の糸はたったの一本すらソレに届かない。それでも、ソレを抑え込むためだけに、ただひたすらに、がむしゃらに霊力を叩きつける。

『ねぇ、かわいい子』

ソレは、ゆっくりと、手を下ろした。

くるり、と。

突然始まった優雅なダンスのターンのように、黄金色の着物の袖が遅れて揺れた。

「……ああ⁉」

美女が消える。

その代わりに現れたソレは。

八本のふさりとした尻尾を持った、小さな女の子。

そう言えば。

先程までの、あの女。狐の尾など、ひとつも生えていなかった。

『ねぇ、かわいい子。楽しい夢を見ましょう？』

尾を隠さなくなったソレ。露《あら》わになった尾の分か、先程とは比べ物にならない圧倒的な力で壁が押される。

二枚が消し飛び、もう三枚にもヒビが入りミシミシと嫌な音を立てる。

「和臣ーー!!」

「あああああああ!!」

死ぬ気で糸を引き絞る。

届かない、届かない届かない届かない。

こんなに必死な俺に対して、ソレはどこまでも無邪気に、にこっと笑った。

そして、やけにゆっくりと。引き伸ばされたような時間の中。春の野の中、どこまでも晴れ晴れとした空の下で歌うように。少女がくるりと、ターンする。止めることも嘆くこともできないまま、最後の一本の尾が、現れて。

「七条か。よくやった」

凛《りん》、と声が響いた。

どこまでも透明な、白いその声は。

「零……」

真っ白な着物に真っ白な肌。

髪も瞳も真っ白で、やけに紅《あか》い唇だけが目立っている。全ての能力者の頂点に立つその人は、よく見ると着物の端を血で染め、その端正な顔にも小さな傷を作っていた。

どこまでも無防備にターンをしようとしていた狐《きつね》の後ろに、ふっと現れたその人は、手刀で狐の首を薙《な》ぐ。

すぱんっと呆《あっ》気《け》なく、狐の首が落ちた。

「……っ!!」

今だ、と全力で糸を絞る。

届け届け届け！

ここで絶対に封印しろ！　俺の指など弾《はじ》け飛んでしまえ！

「あああああっ!!」

糸が止まる。

俺より俺の意思を表す糸が、俺が俺より信頼している糸が。これ以上、どうしたって紋れない。

白い人が大量の術をかける。

それでも、首が落ちた後の狐にすら敵《かな》わない。

「【空縛《そらしばり》】!!」

この場では異質すぎる声がかかった。

葉月が叫んだその術は、上級の中でも難しいとされるが、今この場ではあまりに稚拙。

「【禁蹴《きんしゅく》】!!」

ゆかりんが震える声で叫んだその術も、この場ではなんの役にも立たない。

「っ!」

葉月がいきなり、ズボッと俺の胸元に手を突っ込んできた。

そして、葉月は。俺の天才の弟子は。

俺が持ちうる中で、最高のカードを引き当てた。

「いけっっ!!」

葉月が鋭く放ったのは。

布で出来た、俺が悪ふざけで作った、使う場面などないであろう、猫の絵に見える札。

ばぢんっと音がして、葉月の霊力を受けた札が働き出す。俺にしか使えないと思っていた切り札を、俺の弟子はこともなげに使ってみせた。ふと湧き上がる感情も、今は後回しだ。

首のない狐に張り付いた札から、大量の糸が飛び出す。ある糸は燃え、ある糸は風を纏《まと》う。またある糸は水を帯び、ある糸は光を放つ。

「きたっ!!!!」

札から出た糸を、掌握する。

元は俺の札だ。弟子が発動させた後でも、俺の糸にならないはずがない！

「があああああ!!」

喉の奥から、自分の声ではないような声がする。

全ての糸を引き絞って、そのまま力ずくで圧縮する。ビー玉ほどにまで引き絞ったそれを。

「ん」

ふ、と一瞬で移動した白い人がむんずと掴《つか》んで、飲んだ。

ペロリと赤い下で唇を舐《な》めた白い人が、白い瞳でこちらを見た。

「七条、よくやった。褒美は後だ。私は山に戻る」

返事もできないまま、白い人がふっと消えた後、ようやく俺の腰にしがみついている二人を振り返った。

二人とも、呆《ほう》けたようにぽけっと口をあけて固まっている。

地面を見れば、俺が引いた線を、葉月の左足が踏んでいた。

「……ふっ。ふはは」

思わず零《こぼ》れた笑い声に、ようやくノロノロとこちらを見上げた二人を。

「あは、ははは！　やった！　やったぞ！　葉月、ゆかりん、二人とも最高だ！」

思うままに加減なく、抱きしめた。

「ちょ、ちょっと‼　私アイドルなんだけど！　こんなとこ撮られたら終わりなんだけど⁉」

俺の腕の中で、ガクガク震えながらゆかりんが叫ぶ。

葉月は、俺の肩口で一度大きく目を見開いてから、ぎゅっと瞼《まぶた》を閉じた。熱い息が、服越しに肩にかかる。

「……ばかずおみ」

「あははは！　最高だよ！　さすが俺の弟子とアイドルだ！」

笑いが止まらない。くつくつと笑いながら二人を抱きしめる。

二人はしばらく、黙ったまま俺に抱きしめられていた。

ふと、思い出す。

「……なあ」

声をかければ、二人は同時に俺の顔を見上げた。可愛《かわい》いなおい。

しかし、あくまで冷静に、話を続ける。

「ちょっと連絡して欲しいところがあるんだ。俺が今から言う番号に、電話かけてくれ」

俺の腕の中で、葉月が黙ってゴソゴソと携帯を取り出した。それから、いつも通り感情の見えない声で番号は？　と聞いてくる。

「いちいちきゅう」

「一、一、九」

「発信で」

通話ボタンを押した葉月が、俺の耳に携帯を押し付ける。ぷつ、と音がして。

「はい。百十九番です。救急車ですか？　消防車ですか？」

「救急車で」

「どうなさいましたか？」

「ちょっと指がちぎれそうで。場所は壱野《いちの》駅前なんですけど」

「わかりました。今から救急車が向かいます」

葉月が、そっと電話を切った。

ゆかりんがゆっくりと両腕で俺を引きはがす。

「……は？」

「あー、疲れたな！　座って待とうぜ」

俺が駅のベンチに座ると、ついてきた二人が両隣にすとんと腰を下ろした。何が不思議なのか首を捻《ひね》っている二人に、隠しきれない笑みを向けた。

「まさか二人が戻ってくるなんてな！　でも、今度からは戻ってきたらダメだぞ。今回だってかなり危なかったしな！」

笑っているのは俺だけで、二人はじっとりとこちらを見やった。

「……和臣、あなたが乗せた電車はね、逆方向だったのよ。京都を出るには一度戻ってくる必要があったの」

「……え？」

「……しかも、ここら辺電車少なすぎて全然帰ってこれなかったんだからね」

二人の言葉に冷や汗が止まらない。すると、何か。俺は全く無意味なことをしたってことか。

「……ごめんね？」

なんと言っていいのか分からず謝れば、二人が干からびた蛙《かえる》を見る目で俺を見た。それから、葉月がふと表情を緩める。

「ねえ、和臣。間違いだと思うけれど、もしかしてあなた、さっき救急車を呼んだかしら？」

「あ、あたしも思った。でも、勘違いよね！　こんなに元気なのに……」

「……痛い。泣きそう」

ほとんど指環《ゆびわ》が残っていない両手を掲げた。

黒い手袋は所々破れ、指から出た血がたらりと肘まで滴る。それを見た二人が、一斉に悲鳴を上げた。

「「きゃぁぁぁあ!!」」

「……これ、手袋脱がなきゃダメだよな」

ただでさえ傷だらけで痛いのに、血で濡《ぬ》れ傷口に張り付いた手袋を脱ぐなど想像しただけで涙が出る。ひぃん。

「ちょ、ちょっと！　もっと焦りなさいよ！」

「七条和臣!!　あんた大丈夫!?　待って、ハンカチ！」

「いいよ、汚れちゃうよ？」

「バカじゃないの!?」

ゆかりんと葉月に責められていたらすぐに救急車が来て、俺は涙を流しながら手袋を脱いだ。死ぬほど痛かった。

「和臣、あなたおバカでしょ。おバカなんでしょう」

「七条和臣、あんたもはや引くレベルのバカね」

二人にバカバカと罵られながら病院を出たのは、次の日の朝だった。

「ひどい……。俺、もうお嫁に行けない……」

「「はあ？」」

今日で一番の冷たい声を向けられ、涙が出た。

診断結果は、俺の右手は全滅。全ての指が骨折と裂傷。二針縫った。

左手は辛《かろ》うじて生還。小指は折れて、薬指は相当深く切れていたがその他は無事で、見るも無残なあざになっただけだった。

ため息をついたゆかりんが、ギプスで固定済みの俺の右手に目をやった。

「あんなにグロテスクなことになってるのに笑ってたなんて……七条和臣、あんた変態なの？」

「ひどい……」

一方で葉月が、包帯と絆創膏《ばんそうこう》まみれの左手に目をやる。

「あざ、見たこともない色してたわね。もっと焦りなさいよ」

「泣いてはいたよ……」

二人が同時にため息をついた。ゆかりんがほんの少し早く顔を上げて、俺と葉月を気怠《けだる》げに見やる。

「で、あんたたちはこれからどうするの？」

「さすがに今日はもう休むよ……はっ！　まさか二人だけで妖怪退治に行きたいとか言うつもりか？　やめとけって……」

「「バカでしょ」」

「ひぃん」

もう黙って泣いた。

第七章　秘密もまたこちらをのぞいている

「和臣《かずおみ》ーー！！！」

　夕日が差し込む中、部屋のドアが開いたと思ったら、すぐにバタバタと足音がしていきなり障子が開け放たれた。息を切らせて立っていたのは、仕事用の黒い袴《はかま》を着た兄だった。

「あれ？　兄貴、仕事は？　サボり？」

「こんのバカーーー！！！」

　兄が大股の一歩でこちらへと近づき、思いっきり俺の頭を叩《たた》いた。そして、そのまま俺のこめかみを拳でグリグリと捻《ねじ》り込む。息つく間もない暴力に、兄の腕をタップして降参を伝えたが、全く聞き入れられない。

「ああああああ!!　頭が割れるー!!」

「割れてしまえこんなものー!!」

　兄の後から部屋に入ってきた葉月《はづき》は、俺と兄を交互に見ては、見たこともないぐらいオロオロと困った様子でその場を右往左往していた。

　いつもの落ち着きのかけらもない兄が、俺の頭に拳を突き刺しながら、何度も口を開いては意味のない言葉ばかり繰り返す。

「お前!!　ほんっとにっ!!　お前！」

「たすけてええ!!」

「お前!!　この、バカっ!!」

「あああ!!」

全力で叫んでいたらやっと兄の拳が緩み、その隙に畳の上を這《は》って距離を取る。まだジンジンと痛む頭に、涙を堪《こら》えながら抗議した。

「痛えよばか兄貴！」

「反省しろー！！！」

またべしん、と頭を叩かれた。今度こそ涙が出る。

「ひどい……俺、怪我人《けがにん》……」

「ほんとに！　このバカ！　指は!?」

「……ついてる」

「当たり前だこのバカー!!」

結果、兄が落ち着くまでに追加で三回頭を叩かれた。その間ずっと、葉月は知らない人だとでも言いたげに兄を見ていた。

兄がやっと俺への暴力を完全にやめ、机の前の座布団に腰を下ろせば、気を遣った葉月がお茶を入れてくれた。明らかに濃すぎる深緑色のお茶を飲んだ兄が、渋い顔ではあるもののやっといつもの落ち着いた声で言う。

「で、いつ治るんだ？」

「んー、全治二ヶ月くらい？」

「……そうか。ちゃんと治るんだな？」

俺も湯呑《ゆの》みに口をつけながら頷《うなず》く。渋すぎて一滴で十分だった。葉月は一体どんな淹《い》れ方をしてこんな液体を作り出したんだ。

「……そうか。まあ、言いたいことはまだ山ほどあるが」

説教が長くなりそうだと、お茶を飲んでもいないのに苦い顔になる。兄は父に似て、説教が長いのだ。ちなみに姉の説教も長い。困ったものである。

しかし、兄は口を開くでもなく、大きな手で俺の頭をぐしゃりと撫《な》でた。驚いて、思わず湯呑みに口をつけたまま固まる。そんな俺に構わず、兄の長い指が頭皮の上を何度も滑った。

「よくやった。一般人の被害はゼロだ。九尾《きゅうび》相手に、本当によくやったよ。他の妖怪もよく逃がさなかったな」

「……うん」

「さすが俺の弟だ」

「……うん」

今までなんだかんだ言ってきたが、俺は兄が嫌いじゃない。

口うるさい所もあるが、歳《とし》が離れているせいか昔から結構優しかったし、俺のいたずらにも付き合ってくれたし、なんでもできてかっこいいと思っていた。

そんな兄が、俺がいたせいで周りに好き勝手言われていたのを知っている。

七条《しちじょう》家次期当主であり、現第七隊隊長という輝かしい肩書きを、俺が脅かすと言われているのも知っている。

俺が六歳のとき、兄を支持する家と俺を担ぎ上げようとする一派で、七条分家筋の分裂が起きた。燻《くすぶ》っていた対立はやがて、当時中高生だった兄と姉を巻き込んだお家騒動へと発展する。複数の大人達に「この家を出るように」と面と向かって言われた兄と姉は、一体どんな気持ちだったのだろうか。この騒動は、当主である父が、七条本邸に住んでいた三つの分家一族全員を追い出したことで、一応の収束を見せた。

そして、小さい頃の俺はその全てに全く気がついていなかった。兄と姉はずっと優しかったし、人の消えた家はがらんとしたが、俺の家族は誰一人変わらず、全員揃《そろ》っていた。

あのときの俺にとっては、よく知らない大人たちの事情より、どうやらもうすぐ妹ができるらしいという方が、ずっと重要なことだったのだ。

だから。

〝あなたさえいればいい〟

十歳で初めて免許を取って、なんとなくみんな喜んでくれたからという理由だけで、プロの術者として一人で仕事を受けて。目の色を変えた大人たちに囲まれて言われた言葉に、自分を取り巻く全てを理解した。

その後すぐ、俺は術者を辞めた。そしてもう二度と、こちらの世界には関わらないと決めた。

俺が、普通の弟だったら。兄も姉も、もっと楽に生きられたはずだから。

だから、今、兄に褒められて飛び上がるぐらい嬉《うれ》しかったし、鼻の奥がツンと痛くなったのも致し方ない事だ。自然の摂理と言っていいだろう。うん、仕方ない。

葉月が見ているから、絶対に涙は零《こぼ》さないが、目から多少の水分が出るのは仕方ない。だって生き物だから。うん、仕方ない。

「……和臣。俺はお前のこと、結構かわいい弟だと思ってるんだ」

ふと、小さく兄がつぶやく。

「だからな。兄ちゃん、危険を承知でお前に教えるな」

「……なにを？」

すん、と鼻を啜《すす》った後の声が震えてしまったのは仕方ない。うん、仕方ない。

続いた兄の言葉は。

「静香《しずか》が来てる。信じられないくらい怒ってたぞ」

さあっと血の気が引いた。

膝が震えたのはどうしようもない。

「じゃ！　俺仕事だから！」

兄がにこやかに、かつ素早く立ち上がって部屋を出ていく。一方俺は恐怖で立ち上がるのに失敗して、畳の上に転がりながら兄に手を伸ばした。

「待って!!　兄ちゃん待って!!」

「和臣、帰ったら連絡しろよ」

「待ってぇええ!!」

兄は爽やかに微笑《ほほえ》んで去っていった。

しばらく床に突っ伏して絶望して、はっと我に返った。部屋の隅にいた葉月の元へ駆け寄り、手を取る。

「葉月、逃げるぞ！」

「きゅ、急にどうしたのよ」

「早く！　まずいぞ！　九尾なんて目じゃないくらいまずい！」

葉月が混乱したように動かないので、早く行くぞと手を引いて立たせた。

「……へぇ。和臣、どこ行くって？」

「姉貴から逃げるんだよ！　今回は絶対やばい！」

「へえ。何がやばいって？」

背後からの声に振り返ると、美しくニッコリ笑った姉が立っていた。

兄貴、俺はここまでだ。今までありがとう。

「和臣、そこ座りな」

「……はい」

全ての表情をなくし温度のない声で俺に言った姉。姉は腕を組み、俺を見下して口を開く。精神は粉々になり、兄のときとは違う意味で涙を流す、というか号泣した。終わらない姉の言葉に人格を否定され、トドメに頭を叩かれて、やっと、長い長い今日が終わった。


「和臣、起きな」

「んが」

もう朝か、と起き上がろうとして、姉の手に頭を押さえつけられた。色々混乱したが、もうこの際俺の部屋は出入り自由なのかということにツッコミはしない。

「……俺、何かした？」

なぜ朝から姉に怒られているのだろう。寝ている間に何かしたのだろうか。

姉は目を吊り上げて、俺の左手を指差した。

「手怪我《けが》してるのに使おうとするんじゃない！」

「はっ、そう言えば」

思い出したらめちゃくちゃ痛かった。

右手は姉が痛み止めの札を巻いてくれたが、左手まで塞がると不便なため左手はそのままなのだ。

「痛い……ひぃん」

涙が出る。

姉が腰に手をやってため息をつき、眉を下げた。

「当たり前よ。着替えられる？」

「余裕」

ならいいと頷いた姉が、机の上に、さ、と白い封筒を出した。送り主は総能《そうのう》本部。

「あんたと葉月ちゃんに招集が来た」

「へぇ」

「今日の夜は本部に行ってきな」

思わず間抜けな声をあげて動きを止めた。本部には苦い思い出しかないからだ。

「葉月ちゃんにはもう言ってあるから。あと、もう夕方だから少し急ぎな」

姉はいきなり、べり、と俺の額から何かを剥ぎ取った。思わず額を押さえて姉を恐れるように一歩後ずさる。

「か、皮剝ぎ？」

「バカ。一気にそんだけ怪我したら熱も出るよ！　ほら、薬飲んで。……行けそう？」

「全然平気」

姉が持ってきた着物に袖を通して、用意されていた食事と薬を飲み込む。

ふと目をやった窓の外は、もう日が暮れそうだった。姉が、こちらを見ずに立ち上がる。

「和臣、私は先に本部に行ってるから。父さんも私も、これからしばらく帰れないかもしれない」

「清香《きよか》は？」

「七瀬《ななせ》さんに預かってもらってる」

早く帰るよ、と言えば、姉がふと表情を緩めて「そうして」と言った。しかし次の瞬間には眉と目を吊り上げ、人差し指を立てて俺に念押しするように声を張った。

「とにかく！　今日は絶対遅刻しないで！　絶対よ！」

「保証は出来ないな」

「は？」

「すいません。頑張ります」

信じられないほど怖い顔をした姉に謝れば、どうにか落ち着いてくれたようで、もう一度「絶対遅刻しないで」と念を押して出ていった。

遅れることより姉に怒られることが怖いので、早く行ってしまおうと部屋を出て、葉月の部屋に向かった。

「葉月ー！　出かけるぞー！」

軽くノックすれば、すぐにガチャリとドアが開いた。

「和臣！　大丈夫なの⁉」

「な……！」

中から出てきた葉月は、艶のある髪を一つにまとめ、黒い着物を着ていた。長い首と美しいうなじの、白い肌が光を反射するように光る。

少し目線を下げた先の帯には綺麗《きれい》な金色の糸が使われていて、着物との差が目立って葉月の美しさとスタイルの良さを引き立てていた。思わず、時間が止まったように動けなくなる。

「ちょっと、どうしたのよ。……ねえ、大丈夫なの？　やっぱり今日は休んだ方が……」

「グッジョブ姉貴……」

「は？」

いきなり静止した俺を心配する葉月をよそに、この着物を用意したであろう姉に感謝を捧《ささ》げる。さすが姉、尊敬と感謝しかない。

「和臣？」

「ああ、なんでもない。今から本部行くぞ」

葉月にじっと見つめられ、やっと精神が現実に向く。葉月がふと肩から力を抜いたのがわかった。

「大丈夫なのね。でも、招集は九時からでしょう？　もう行くの？」

六時前を指す時計を不思議そうに見る葉月に、大袈裟《おおげさ》に首を振った。

「ふ……、甘いな。まずここから本部に行くのに時間がかかる。しかも、あそこは広すぎて呼ばれた部屋にたどり着くのは至難の業。たどり着けたとしてとんでもなく時間がかかる。つまりだ、もう出なくては間に合わない！」

葉月は花が咲かなかったチューリップを見る目で俺を見た。

「今までの和臣を見た限り、本来そこまで時間がかからないと思うのだけど。あなたが一人で迷子になっただけじゃないのかしら？」

「いや、これは本気ですごいぞ。まず、正門。これがどこか分からないんだ。やっと見つけたと思っても、庭が広すぎて迷う。努力の末、屋内に入っても、廊下は長い、部屋は多い、全部同じ襖《ふすま》だなんていうとんでもない魔窟だった」

幼い頃の記憶に身震いする。もう二度と行くものかと思っていたのに。

「誰か、案内してくれる人はいなかったの？」

「いるはずだったんだが、その人が待っている場所までたどり着けなかった」

「聞いたこっちが悲しくなったわ」

当時の俺も悲しかったよ。

気を取り直そうと、大きく咳払《せきばら》いして胸を張った。葉月の表情はぴくりとも動かない。

「とにかく！　今日は絶対に遅れてはいけないらしい。だから念には念をということで、早めに出発しよう」

「……そうね。早く行って悪いことはないわけだし」

「よし！　出発だ！」

おー、と一人拳を突き上げて廊下を歩き出した。後ろを歩く葉月が、小さな声で聞いてきた。

「和臣、手は本当に大丈夫なの？」

心配げに眉を下げていた葉月に思わずどきりとする。しかしすぐにそんなに心配させていたのかと申し訳なくなった。動かせる左手の指三本を顔の前に持ち上げて、ひらひらと動かす。

「今ならピアノも弾けそう」

「ふふ。おバカね」

葉月は、少しだけ目を細めて笑った。

本部に向かう車の中で、なんだか話すことが思いつかず黙っていれば、ふと葉月が自分の着物の袖を持って聞いてきた。

「和臣、この着物はどうすればいいのかしら？　お姉さんが、私にくれるって仰《おっしゃ》ったんだけど、こんなに高そうなもの貰《もら》えないわ」

「貰ってよ。多分姉貴が葉月にって選んできたんだろうし。それに、」

一息に言い切ってしまえばよかったのに思わず口を閉じてしまって、葉月が不思議そうに首を傾《かし》げている。俺は、こちらを見る葉月から目を逸《そ》らし口元に手の甲をあてながら、ボソリと言った。

「……似合ってるし」

自分でも、らしくないことを言ったとは思う。

ただ、隣に座った葉月があんまりにも綺麗で、言わずにはいられなかった。

「……そう。なら、頂くわ」

葉月はいつもと変わらない表情でふいと首を動かし、窓の外を見ていた。

ただ、その形の良い耳《い》が赤かったのを、俺は見逃さなかった。

窓の外を見ている葉月が、俺を見ずに話し出す。

「和臣こそ、似合ってるわ。それ、紋付袴《はかま》？　家紋、かしら？」

「……おう。一応、七条の家紋……」

窓の外を見ているはずの顔が熱い。なぜこんな一言で、こんなにも鼓動が狂うんだ。

俺は一般人以外は恋愛対象外だ。術者なんてもってのほか。そのはずだ。

大体、俺たちは形だけの師弟関係で、それ以上でも以下でもない。お互いそれ以上に関わるつもりもないはずだ。

しかも、俺のタイプはかわいい系だ。葉月はどちらかと言うと綺麗系。タイプでもないはず。

「七条様。到着致しました」

ではこの鼓動の異変は一体なんだ、と堂々巡りを繰り返す思考を断ち切るように車のドアが開けられ、目の前に大きな門が現れた。途端鮮明に苦い思い出が蘇《よみがえ》り、急速に胸のドキドキがおさまる。間違えた、ドキドキではなく異変、体の不調だ。治ってよかった、うん、よかった。

車を降りて、目の前の門を見上げる。隣で同じように、真上を見上げるように首を傾けて門を見上げる葉月が、ポツリと言った。

「……大きすぎるわね」

「な、俺言っただろ？」

門でさえ、これひとつでプールが丸ごと入りそうな大きさなのだ。中はもっとひどい。

「……あなた、この大きな門が分からなかったの？」

「まさかこんなに大きいとは思わなかったんだ。何個もある勝手口、裏門トラップに引っかかった」

「今回はあまり責められないわね」

「気をつけろ。中に入ったらもっと大変だぞ。なぜ襖が全部同じ色なんだ？　頭がおかしくなりそうだったぜ」

門をくぐって中に入ると、よく手入れされた大きな庭が見えた。これだけで我が家がまるまる入ってしまいそうな大きさだが、これより中庭の方が大きいというのだからもう訳が分からない。

「えーっと、建物の入り口どこかな？　本館ってやつに入りたいんだけど」

「まっすぐ行ってみましょう」

何事もなく入り口についた。呆然《ぼうぜん》と、「本館」と書かれた下駄《げた》箱の前で立ち尽くす。

「なぜ……？」

かつてたどり着けなかった俺の立場は？

「こういう時は下手にウロウロしない方がいいのよ」

「……多分、ここで待っていれば誰か案内してくれるから」

「じゃあ大人しく待ちましょう」

廊下に置かれた長椅子に並んで腰掛ける。しかし、なかなか案内の人は来ない。

「俺、ちょっとトイレ行ってくる」

「場所はわかるの？」

「まっすぐ行けば大丈夫だろ」

下手にウロウロしなければ大丈夫なんだから。

「そう。それなら私が待っているから、まっすぐ行ってなかったら戻ってきなさいよ」

「おー！」

まっすぐ行くだけで本当にあったトイレから出て、しばらく。


俺は、よく手入れされた中庭を眺めながら、一人縁側に腰掛けていた。

「ここは……どこだ？」

広すぎる庭を見つめながら、考える。

なぜ同じ道をまっすぐ行って戻ってきたはずなのに葉月がいないのか。

ここが元いた玄関ではないのは分かる。それは分かるのだが、なぜまっすぐ行っただけでこんなところに来てしまったのかがわからない。

助けを求め近くの部屋に入ってみたものの、誰もいなかった上ピカソのような謎の絵が飾ってあり、なんだか怖くなってすぐに出た。

「ここはどこだ？　葉月はどこに行ったんだ？」

大変不便なことに、ここ総能本部の中では携帯は使用できない。この現代に、一切の電子機器の使用が認められていないのだ。

さらに、部外者の術の行使にも厳しく制限がかけられているので、式神を大量に飛ばして葉月を探すこともできない。

「詰んだな。今日もたどり着けない」

縁側に座る俺の心は静かに落ち着いていた。まるでしんしんと降る雪のよう。

姉には怒られるだろうが、もうどうしようもない。

葉月だけでもたどり着いてくれればなんとかなるだろう。

今日の招集の理由は、昨日の九尾退治についてのことだろうから、あれは葉月が退治したという雰囲気を出せば俺はいなくても問題ない気がする。

よし。俺は葉月が九尾を退治するのを応援した人というポジションでいよう。応援団長だ。

「ゆかりんファンクラブ会員でもいいな。よし、団長兼ファンで行こう」

「君、何してるのぉ？」

いきなり高めの声がかかる。いつの間にか俺の後ろに立っていたのは、何故《なぜ》かゴスロリを着た小さな女の子だった。年齢は、恐らく小学四年生の妹と同じくらいか、少し下ぐらいだろう。

本部に出向く時は和装が義務付けられているため、この子のゴスロリ姿は相当異質なのだが、なんだかよく似合いすぎて違和感がなかった。

「君、ここでなにしてるのぉ？」

不思議そうに首を傾げる女の子が、もう一度聞いてくる。自分の絶望的な状況を思い出し、遠くを見つめた。

「えっとね。まあ、なんというか。長い道のりの中での小休憩というか」

「むぅ？」

「うん。ここがどこか分からなくなっちゃったんだよ」

「あぁ！　迷子さんなのねぇ！」

ぱあっと笑顔になった女の子は、相当可愛《かわい》かった。

黒い柔らかそうな髪は高い位置でツインテールにされ、唇には真っ赤な口紅が引かれている。まるで人工的な、人形のような女の子だった。

「君は？　どうしてここにいるの？」

「わたしぃ？　わたしはね、お呼ばれしたから来たのよぉ！」

「へぇ。誰かと一緒に来たの？」

「勝博《かつひろ》と来たのぉ。でも、勝博ったら迷子なのよぉ？」

プクッと頬を膨らませて、小さな腰に手を当てる。

かわいらしいが、これはこの子も迷子なのではないだろうか。

「君は、どこに呼ばれたの？」

「零《れい》の間！」

元気なお返事だった。はなまるをあげたい。

「おお、俺と同じだ」

「わぁ！　偶然だねぇ！　なら、私が連れて行ってあげるぅ！」

「本当に？　ありがとうな」

ここで立ち止まっていても仕方ないので、とりあえずこの子について行ってみようと思う。

途中で誰かに会うかもしれないし、この子の保護者らしい勝博という人に会えれば、目的の部屋にたどり着けるかもしれない。

「あなた、お名前はぁ？」

「和臣だ」

「和臣ね！　私はハル！」

縁側から立ち上がって、笑顔でてくてく歩き出したハルの後について行こうとした時。

「あれぇ？　和臣、どうしたのぉ？」

「ん？　なにが？」

屈《かが》むように手招きされたので、ハルに目線を合わせてしゃがんだ。作り物めいた大きな瞳が、俺の目の奥をのぞいて、きゅうと細まる。

「あらあらぁ！　具合が悪いのねぇ！　おててもケ怪我《けが》してる！」

「え？」

手の怪我が見つかるのは分かる。右手はギプスを付け、札まで巻いている。だが、具合が悪いなど分かるものだろうか。

「和臣、こっちにおいでぇ」

ハルが俺の頭に両手を回して、額と額がくっつくほど顔を近づけて。焦点が合わないほど近くにいるハルが、花が綻ぶように、ニッコリ笑った。

次の瞬間。

「ぎぃっっ!!」

ごぢんっと頭蓋が割れるような衝撃が額に。

ハルが思いっきり頭突きをしてきたのだ。

鼻の奥からのガンガンとした痛みと、打った額の痛みから自然と涙が出る。

「あはは！　ほらぁ、男の子は泣かないのぉ！」

楽しそうに笑うハルは俺の両手を持ち上げ、札とギプスを剝ぎ取った。あまりに唐突すぎて、何も抵抗する間もなかった。

「はい、我慢ー！」

ハルが、あらわになったあざだらけの指を握った。全力で身を引きながら叫ぶ。

「い、痛いっ!! 痛いから!!」

「我慢ー！」

ケラケラ笑っているハルは、さらに俺の指を握る力を強めた。

「あああああっ!!」

「んーはいっ！ おわりだよぉ！」

ぱっと手を離される。

自由になった両手を胸に、その場でのたうち回った。

「ハル、怪我で遊んじゃダメだ!!」

「あはは！ 和臣ったらおかしぃー！」

「冗談ではなくてね……！」

ふと、ハルが俺の手を指差した。

「まだ痛い？」

「痛いに決まって……あれ？」

両手を目の前に掲げて、全ての指を動かしてみる。

あざや縫った痕はそのままだが、痛みもなく動かせた。

「痛くない……」

「和臣、ちゃんと我慢して偉かったねぇ！」

ハルは笑いながら、頭突きされたせいでまだ痛む俺の額を、小さな手で撫《な》でた。何が起きたのか分からなくて、おそるおそるハルを見上げる。ハルは、なんだか大人のように静かな優しさを含ませた微笑《ほほえ》みで、こちらを見ていた。

「骨は治ったけど、あざは治らなかったねぇ。時間が経《た》てば治るからねぇ。和臣、我慢だよぉ？」

「……ハル、これ、君は、」

「ほら、早く行こぉ？　もうすぐ九時だよぉ？」

俺の疑問を遮るように、ハルは俺の手を握って立たせた。そのままハルに手を引かれ、長い廊下を進む。

途中でよく分からない部屋に入ったり、本館は平屋のはずなのに何故か階段を上ったり、やっぱり下りたりした。葉月の教えであるまっすぐ進む、というのは全く守られていない。

先ほどから自信満々に進むハルに、やっと声をかけた。

「ハル、あんまり変な所に行ったら迎えの人も来られなくなっちゃうぞ？　とりあえず、まっすぐ行こうぜ」

「ついたよぉ！」

ハルが立ち止まった目の前にあった襖《ふすま》は、木枠に漆細工があしらわれ、よく見ると他のものとは違う紙が使われていた。いつの間にか、廊下は薄暗く、床の木が飴《あめ》色に光っていて、古い建物の匂いがしていた。

ハルが、手を離し俺を振り向いて、にこりと笑う。

「和臣ぃ、もうちょっと待っててねぇ。たぶんもうすぐ来るからぁ！」

来るって、何が。

そう聞く前に、ハルがぴょんと跳ねて廊下の端に向かって両手を上げた。

「あ、きたぁ！」

「和臣！　どこに行ってたのよ！」

「あれ、葉月？」

怒ったように眉を上げている葉月は、見知らぬ男と一緒にやってきた。

その男は兄の仕事着とそっくりな黒い袴《はかま》を着ていて、胸元には「五」という白い染め抜きがあった。しかも、袖に一本の白い線が入っている。これは、部隊の副隊長の印だ。つまり、この人は第五隊副隊長ということになる。

「治《おさむ》様、お着替えください」

「誰がおさむだぁ！　ハルって呼びなさい！」

ハルが不満そうに叫ぶ。両手をぶんぶん振って、ぷんすか、と音が鳴りそうなほどだった。

副隊長という立場であるはずの男は、なぜか子供のハルに怒られても顔色ひとつ変えなかった。それどころか、軽く腰を折ってハルに合わせて話している。

「治様、これより先はさすがに許されません」

「ハルって呼びなさいってばぁ！　だってぇ、この服が一番可愛いんだもん」

ハルが、ゴスロリのスカートの裾を両手で持ってくるりと回った。まるでアニメのように、ふわりとスカートが広がる。しかし、男がハルの顔から少しでも目線を動かすことはなかった。

「本部では和装が義務付けられています。しかも、あなた様には身分を示すために指定のものを着ていただくようにと」

「可愛くないのはいやぁ！　もっとフリフリならいいけどぉ」

男の話を遮って、ハルはゴスロリをブンブン揺らしながら駄々をこねた。しかしやはり、男はハルの顔だけ見ていて何も動じない。

「治様、もうお時間です。お急ぎください」

「むぅ」

「……ハル？」

副隊長の袴を着た男が、ハルに黒い着物を渡す。そして、不満そうなハルはゴスロリの上から、ばさりとそれを羽織った。

ゴスロリの上に浮く、白い「五」の染め抜きと、袖の二本の線。その意味はわかるはずなのに、そんなはずはないと脳が現実を拒絶する。

「ハル、さん……？」

思わずこぼれた声に、ハルがにっこりと微笑んだ。

「和臣ぃ、今回はよく頑張ったねぇ！」

ハルの後ろに、袖に一本線をもった副隊長が控える。

「第五隊隊長、五条《ごじょう》ハルだよぉ！　さ、中に入ろっかぁ！」

ぱちん、と可愛いウィンクが決まった。

全国総能力者連合協会《ぜんこくそうのうりょくしゃれんごうきょうかい》。

全国の能力者をまとめるこの組織が、この名称になったのはそれほど前のことではない。

日本が戦争に負けたあと、遡れば千年は軽く続いていた能力者のまとまりが、新たに組織として組み直された。

その際に、国からの要請によって、妖怪退治などの治安維持の機能を強めた組織となることが決定された。

そこで編成されたのが、第一隊から第九隊までの、妖怪退治専門部隊。怪異に対する治安維持のために全国に配置されたこの隊は、現在ひとつの隊が約百人の術者で編成され、全員が術者としては高い能力をもっている。

言わば、妖怪退治のプロフェッショナル。

その中でも隊長となると、全国の能力者でも指折りの実力者だ。

未《いま》だ家格や血筋が重視される能力者の世界において、完全実力主義で、隊長だけは家格などに関係なく、その実力によってのみ選ばれる。

しかし、この部隊が出来てから、一条から九条までの家の出身者以外が隊長に選ばれたことは一度もない。この家々が千年以上もこの世界で力を持ち続けたのは、それに見合う力があるからなのだ。

だから。

今、目の前で笑うゴスロリ少女が隊長などということは、簡単に理解できるものではない。

「治様、お名前は正確にお願いします」

「おさむって呼ぶなぁ！」

またハルに怒られている副隊長は、混乱する俺に向かって完璧な角度で頭を下げた。

「申し遅れました。第五隊副隊長、灘勝博《なだかつひろ》です。五条治隊長はこの通り少々変わっていらっしゃいますが、本物の第五隊隊長です」

「おさむじゃなくてハルって呼んでぇ！」

べしべしと男を叩《たた》くハルを見ながら、今言われた言葉を反芻《はんすう》する。

五条治。五条、治。ごじょう、おさむ。

「五条治⁉　五年前の大天狗《おおてんぐ》討伐の⁉」

思わず大声を上げた俺を、葉月が訝《いぶか》しそうに見てくる。目の前のゴスロリ少女は、ああ、と可愛《かわい》らしい声を上げた。

「知っててくれたのぉ。でも、ハルって呼んでねぇ」

俺の驚愕《きょうがく》などなんでもないように、ハルはくるっと身を翻し、ためらいなく目の前の襖を開けた。

「さ、入ろぉ！」

ハルが堂々と中に入り、用意されていた座布団に座った。その後ろの席に副隊長である勝博さんが座る。

しかし俺と葉月は、二人に続いてその部屋に入ることが出来なかった。

なぜなら。

「おい、五条！　お前またそんな格好してやがるのか！」

全身を震わすような低い怒鳴り声。思わず硬直してしまうような怒声だというのに、直接怒鳴られたハルはけろりと言った。

「可愛いんだもぉん」

「ふっざけやがって……!!」

「五条さん、せめてもう少し早くいらっしゃってください。時間ギリギリですよ」

別の場所から女性のキツい声が上がる。ハルが「だってぇ」と答えたせいでまた部屋の空気が悪くなったところで、誰かがぱんと軽く手を打った。

「まあまあ、皆さん。いつものことじゃないですか」

ピリついた空気が緩む。しかしそのせいで、こんな異常な部屋の全体を見る余裕が生まれてしまった。部屋をのぞいてはじめに目につく、最奥の壁にかかった白い掛け軸。その前にある、白い座布団は空席だった。

しかしその両脇には、総勢三十六人もの術者たちが座っていた。

片側には各部隊の隊長と副隊長たち。全員の黒い着物に数字の染め抜き、袖に一本か二本の白線が入っている。「七」の染め抜きに二本線の着物を着た兄もいた。

もう片側には、一条《いちじょう》から九条《くじょう》までの家の当主とその補佐。全員の黒い着物に家紋の染め抜きと、袖には三本の白線が入っている。父と姉もいた。

つまり、ここにいる全員は、全国の術者、その最高峰。一般の術者とは、格が違うということになる。

怯《おび》えた様子の葉月が、そっと俺の背に隠れた。

「か、和臣……」

「……たぶん、下手なことしたら消されるな。社会的にも、物理的にも」

葉月がさらに俺の背に密着して「どうすればいいの？」と聞いてきた。

「頑張ってくれ。俺は団長兼ファンだから」

「は？」

混乱している葉月に向かって、ぐっと親指を立てた。そんなところに。

「おお、ゆかりん！　ゆかりんじゃないか！　頑張ってくれよ！」

「……七条和臣」

ふらり、と隣にやってきたゆかりんは、真っ青な顔で俺ではなくどこか宙を見つめていた。

「……私、消されるのかな？」

「ゆかりんなら大丈夫だよ！　なんたって今回の主役だから！」

ゆかりんにもぐっと親指を立てたが、全く見向きもされない。ゆかりんは黒い着物に白い帯姿で、あの袴のように脚は出していなかった。

「揃《そろ》ったか？」

凛《りん》とした、透明な声がした。

振り返れば、いつ現れたのか、部屋の奥の白い掛け軸の前に、あの時の白い人が座っていた。白い瞳と、部屋中の黒い瞳が、驚くほど温度のないままこちらに向けられている。

「入れ」

真っ白な中でやけに赤い唇が、そう動いた。白い人を見てぼうっと思考を止めてしまった葉月とゆかりんを引っ張って、部屋の中央に無理やり座らせ頭を下げさせる。

「よい。楽にしろ」

白い人に言われ、ゆっくりと頭を上げた。この部屋にいる全員からの視線を受け震えているゆかりんと、緊張でガチガチの葉月は何も話さない。それを見て、まずは俺が口を開いた。

「本日は招集により参上致しました。七条家が術者、七条和臣と申します。こちらはわたくしの弟子である、水瀬《みなせ》葉月と申します」

ちら、とゆかりんに目線を送っても、目を白黒させながら口を開けたり閉めたりするだけで何も話さない。首筋に、滝のような冷や汗が見えた。

「……こちらは、三条《みじょう》家が門下の、町田《まちだ》ゆかりと申します」

何故《なぜ》か俺が紹介した。脇にいた三条の当主が鋭い視線を送ってきたが、今はとりあえず忘れることにする。俺だって緊張で吐きそうなのに、これ以上家のメンツだなんだのは抱えられそうにない。

「先日の九尾退治の件についてだが」

白い人が、すっと立ち上がる。白い瞳が、俺たちをじっと見下ろして。

「七条和臣、水瀬葉月、町田ゆかり。よくやった。褒美をとらす」

「身に余る光栄でございます」

動けない二人の分まで深く頭を下げた。また、白い人の声が上がる。

「では」

ざっと、恐ろしいまでに揃った動きで、脇に座っていた全員が頭を下げた。

俺も慌てて、ただ驚いて固まっている葉月とゆかりんの頭を押さえた。

「励めよ。……七条和臣は、少し残れ」

「はっ」

冷や汗を流しながら、葉月とゆかりんを軽く叩いて立たせる。しかし二人が石のように全く動かないので、そっと小声で話しかけた。

「……おい、二人とも。一度礼をして部屋から出ろ。出る時にもう一度礼を忘れるなよ」

なんとか立ち上がった二人は、フラフラとお辞儀をして部屋を出ていった。ひとりでに、音もなく襖《ふすま》が閉まる。

まだ続くらしい恐怖の会合に引き留められた俺はただ冷や汗をかきながら、畳に額を付けるように頭を下げて次の言葉を待っていた。

二人だけ先に帰るなんて聞いてない。これ本当に消されるんじゃないのか。俺はただの応援団長兼ファンクラブ会員だというのに。許してください。

「七条和臣、楽にしろ」

「はっ」

頭を上げて、白い人を見た。

どこまでも白いこの人は、全ての能力者の頂点に立つお方。人でありながら境界の上に立つ、それこそ異次元の能力者。

それなのに、誰もこの人の名前を知らない。苗字《みょうじ》も、名前も、何も分からない。

ただ、代々この人の家の当主を、零と呼ぶ。

「今回、九尾を退治し他の妖怪を退けたその実力。なかなかの術者だな」

「……っ!!」

冷や汗が止まらない。両側の術者達から、明らかな殺気。

「本部に、来るか？」

白いその言葉で、空気が割れた。

両側から冗談にならないレベルの殺気、さらに俺を押しつぶさんばかりの霊力が溢《あふ》れる。

しかし、そんなことでは白い人はぴくりとも動かない。

この部屋で俺だけが動きを鈍らせて、震えを抑えながら頭を下げた。

「……た、大変、光栄ですが。わ、私は、本部には、参りません」

「理由は？」

すぐに問い返され、極度の緊張で、声が震えた。

「……まだ若輩の身でありますゆえ」

「九尾は倒したが？」

続く質問に、たら、と冷や汗が顎を伝った。固い唾を、なんとか呑《の》み込んで。

「……それと」

「なんだ？」

「弟子が、いますので」

「そうか」

自分でも驚くほど、震えることなくするりと出た言葉に、白い人が立ち上がった。その際に、白い瞳が俺の目の奥をのぞいたように思えて、ほんの一瞬の時間を永遠だと錯覚する。

「では」

ざっと、両脇の全員が頭を下げた。

「解散」

ふっと白い人が消える。

残された部屋の空気は、爆発寸前。

「おい！　てめぇっ!!」

訂正。爆発済み。

「お前、九尾倒したぐらいで調子に乗ってんじゃねぇぞっ！」

立ち上がって俺を睨《にら》むのは、「二」の染め抜きと袖に二本の線が入った大男。つまりは、現第二隊隊長である。

「零様に口答えしやがって！」

その言葉で、他の部隊の隊長たちの目線も鋭くなった。

その中で唯一、ハルだけが小さな口を開けてあくびをしている。

ズカズカと、俺を睨む第二隊隊長が俺に向かってきた。もうだめだ。

「おい」

大男が、全てを諦めた俺の胸ぐらを摑《つか》む直前、聞き慣れた兄の声がかかった。

「俺の弟だ。手荒なマネしたら、分かってるな？」

「うちの息子に何かあるのかね？」

反対側にいた父も、すっと目を細めて冷たく言い放った。

「……ちっ！」

大男は舌打ちを残し、荒々しく自分の座布団に戻っていった。

俺は兄と父の顔も見ないまま、雑な礼をして転がるようにこの地獄のような部屋から逃げ出した。


部屋を出ると、またひとりでに襖がしまった。すぐに涙目の女子二人が飛びついてくる。

「し、七条和臣！　ね、ねえ。私消されるのかな⁉　消されるのかな⁉」

「和臣、どうすればいいのかしら⁉」

慌てたように俺の腕を掴む二人。

それに対し、俺は。

「めっちゃ怖かったーー‼　泣きそうーー！」

膝が笑ってしまって、その場にしゃがみこんだ。

「え？　なんなの？　勧誘されても殺される、断っても殺されるって、なに？　俺のことそんなに嫌いかよ！」

不満を叫べば、葉月が慌てたように肩を揺すってくる。明らかに加減を間違えているそれに反応もできず、口からは恐怖ばかりが転がり出た。

「なにあの人、めっちゃ怖いって！　零様もそりゃ怖いけどさ！　なんか違う感じじゃんあれは！　反社的な怖さだったよ！」

「和臣、どうしたのよ！　大丈夫⁉」

「もうやだぁ……。兄貴と父さんいなかったら絶対殺されてたじゃん……。もう帰る……」

もう完全に座り込んで泣いた。ゆかりんまで慌てている。

「ちょ、ちょっと。七条和臣、あんた本気で泣いてんの？」

「……俺はいつでも本気だ」

「ガチ泣きってことじゃない……情けな」

二人はカビた餅を見る目で俺を見た。もっと泣いた。

「七条和臣様、水瀬葉月様、町田ゆかり様。こちらへどうぞ」

突然の声。抑揚のない声で俺たちを呼んだのは、真っ白の着物を着た女だった。いつの間にか廊下の真ん中に立っていた女に、二人がびくつき俺の後ろに隠れる。

俺が涙を拭き立ち上がれば、女は静かに歩き出した。連れてこられたのは、さっきの大部屋とは打って変わって、こぢんまりとした和室だった。用意されていた座布団に腰を下ろせば、女が深々と頭を下げた。

「少々、こちらでお待ちください」

「あ、お茶お願いしまーす」

二人がぎょっとしたように俺を見る。

ゆかりんは俺を指差し口を開けたり閉めたりして、葉月は目を見開いて固まっていた。

「承知しました。少々お待ちください」

お辞儀を残し、女が和室から出ていった。

座布団の上で足を崩して、やっと一息ついた。思わず本音が漏れる。

「はあ、帰りたい……」

「か、和臣！　あなた急にどうしたのよ！」

葉月の声に横を見れば、二人ともドン引きといった様子だった。

「あんた、本部の術者に、いきなりお茶要求する⁉　あの人が怒ったらどうすんの⁉」

「け、消されるのかしら⁉」

慌てる二人に、手を振って否定する。

「消されないよ。あれ、人じゃないもん」

「え？」

「誰かの式神だろ。怒らないよ」

目を丸くする二人に、本部の中で白い着物を着て良い人は一人だけだと教えようとして。

「お待たせしましたー！」

のほほんとした声と共に部屋に入ってきたのは、黒いメガネをかけ、髪をきっちりと七三分けにした男。黒い着物の胸元には「経」という字の染め抜きがあった。もちろん、袖に線はない。

「いやぁ、すいませんね。お茶はもうすぐ来ますから」

笑みを絶やさず、しかし自然に男が俺たちの目の前に座った。

「私、本部経理部の、花田裕二《はなだゆうじ》と申します。今回の報酬の件でまいりました！」

「七条和臣です」

男はにこにこしながら、手に持ったバインダーの中にある資料をめくり始めた。

「いやぁ！　さすがですね！　九尾退治とは！　それに、他の妖怪まで対処しきるとは！」

「はあ、まあ」

「零様がほとんど退治したと言っても、漏れた数も相当だったらしいですしね。今回はもちろん、その分もお支払いしますよ」

ちょうど男の話が一区切りしたところで、先ほどの白い女がお盆にお茶を載せてやってきた。お茶を受け取れば、女はお辞儀をしてこの部屋を去っていった。

俺がお茶を啜《すす》れば、先ほどから黙り続けている隣の二人もお茶を飲んだ。

「うわ、その手。痛そうですね」

「え？　ああ、もう痛くないですよ」

メガネのつるを押し上げ、驚いたように俺の手を見ている経理部の男。怪我《けが》の見た目はそのままだが、もう痛くもない指をわきわきと動かしてみせた。

経理部の人より二人の方がぎょっとしていて、ゆかりんが小声で「……変態」と言ったのを、俺は聞き逃さなかった。聞きたくなかった。

「それで、今回のお支払いなのですが。こちらでどうでしょう」

すっと、微妙な大きさの紙が各自に差し出される。

受け取ってひっくり返し、金額を見ると、ゼロが七つ。

一千万円。恐らく九尾《きゅうび》討伐で八百万ぐらいで、その他が二百万ぐらいだろう。零様に首を落としてもらったというのに、大分太っ腹だ。

葉月とゆかりんは、大きく目を見開いて動きを止め、それぞれ受け取った紙から目を離さない。

「それから、七条様には今回の討伐記録が付きます。お二人には、本部の連絡先をご紹介します」

「ひっ」

ゆかりんがこの人の前で初めて声を出した。どのCDにも入っていない、聞いたこともない声だった。

「では、私はこれで！　帰りのお車はご用意してますのでね！　お気をつけて！」

にこやかに男が部屋から出ていって、程よい渋さと旨《うま》みが心地よいお茶を飲んでいると。

「……ねえ、和臣。この金額は、なに？」

「討伐報酬」

葉月が黙る。

「……七条和臣、本部の連絡先って？」

「本部の連絡先。公開されてるものじゃなくて、直接本部の人間に繋《つな》がるやつだろ。上手《うま》く使えば本部勤めになれるかもな」

ゆかりんが黙る。

俺がお茶を飲み切るまで、二人が声を出すことはなかった。

「そろそろ帰ろうぜ」

廊下に出れば、二人は黙って俺の後をついてくる。

ゆかりんは途中から何かブツブツつぶやき出した。よく聞けば、「なにこれなにこれなにこれ」とひたすら同じ言葉を言っているだけだった。怖かったので聞かなかったことにした。

目の前に現れた襖《ふすま》を開ける。

床の間に人一人余裕で入れそうな大きな壺《つぼ》が飾ってあって、なんだか怖くなったのですぐに閉めた。そっと、後ろの二人に声をかける。

「……なあ、二人とも」

二人は何も言わない。

「……あのさ」

「……」

「……ここ、どこかな？」

二人はノロノロと目線を上げて、やっと俺を見た。

「……帰りたい」

「俺も帰りたい」

じわ、と二人の大きな目に涙が溜《た》まる。心臓が縮み上がった。

「えっ、えっ。ちょっと待ってくれ。ちょっと待ってくれ！　大丈夫、たぶん出られるから、ちょっと待ってくれ!!」

「……ばか」

二人の涙が、溢《あふ》れる寸前。

「和臣、帰るよ」

黒い着物姿の姉が、廊下の奥からやってきた。俺まで安心で泣きそうになる。

「姉貴！　ありがとう！　ありがとう、本当に！」

「はあ？　車来てるから、急ぎな」

「急ぐ！　急ぐよ！　姉貴、ありがとう！」

救世主、もとい姉のあとについて門を出る。

二人は先ほどから俺を見向きもせず、姉にくっついて離れない。

葉月はともかく、ゆかりんは姉と初対面のはずなのに、二人とも姉の手を握って離さなかった。正門の前までついてきてくれた姉が、少し腰をかがめて二人と目線を合わせる。

「ほら、葉月ちゃんもゆかりちゃんも。車に乗ってしまえばすぐよ」

「「……お姉さんは？」」

二人が雨の日の子猫のような目で姉を見上げる。姉は、仕方ないなというように優しく微笑《ほほえ》んだ。

「ごめんね、私はまだ帰れないの。でもほら、一応和臣がいるから」

「「お姉さんがいいです」」

俺の心はもう粉々だ。片栗粉《かたくりこ》ぐらいにまで細かく砕けた。俺の方が付き合い長いのに。

姉が、泣きそうな二人の肩を優しくさする。

「二人とも、今日は急に色々あってびっくりしちゃったわね。でも、もう帰るだけよ。ほら、頑張ろう？」

「「……はい」」

姉は偉いね、と二人の頭を撫《な》でてから、優しく送りの車に乗せた。二人にはあんなに優しい声だったのに、俺に対しては「女の子には優しくしな」と低い声で注意して終わりだった。俺が泣かせたんじゃない、と抗議しようとして、もしかしたら俺が泣かせたかもしれないと冷や汗をかく。姉に見送られながら出発した車が宿に着くと、ゆかりんと葉月は一緒に泊まると同じ部屋へ消えていった。

本来なら今日の夜の新幹線で帰る予定だったが、二人が何を言っても応じてくれなかったので、予定をずらした。

翌日、どうやら緊張が解け急に色々考えられるようになったらしい葉月に、朝から叩《たた》き起こされ報酬の金額について散々問い詰められた。頭まで布団を被《かぶ》りながらこれが相場だと言うと、葉月はフラフラと部屋に戻っていった。

その次に勢いよく俺の部屋にやってきたゆかりんは、本部の連絡先についてずっと問い詰めてきた。布団に寝転がりながら、コネができてよかったね、と言うと一発殴られた。そして、ゆかりんはそのままフラフラと部屋に戻った。

そんな二人と、昼の新幹線に乗った。ゆかりんはこの後大食いの仕事があるらしく、そのまま東京へと向かっていった。

新幹線を降りローカル線を乗り継いだ先にある最寄り駅を出れば、俺たちの帰りを待っていてくれたらしい婆《ばあ》さんが血相を変えて駆け寄ってきた。婆さんは葉月の手を取るなり強く目を瞑《つぶ》って、「良かったよ……！」と声を震わせていた。くすぐったそうに安堵《あんど》の言葉を聞いていた葉月は、今後しばらく婆さんの家に泊まるらしい。

駅前で葉月と婆さんと別れて、一人親戚の家に妹を迎えに行けば、お土産に八ツ橋を買ってこなかったことをきつく責められた。ついでに、お姉ちゃんはまだ帰ってこないの、とも。

兄として泣いた。

「ん？」

ふと、視線を感じて顔を上げる。しかし目の前に広がるのは、いつもの家路だけだった。人気《ひとけ》のない景色の奥には、我が家の裏山が堂々とそびえている。蝉《せみ》の音はうるさく、アスファルトを焼く日差しは、昼の長さを主張するようだった。

「和兄《かずにい》？　どうしたの？」

「……気のせいか」

「何が？」

不思議そうな様子の妹に首を振った。それより早く家に帰るぞ、と両手に荷物を持って走り出す。なんで走るの、と不満いっぱいの妹の声が、背中にぶつけられた。

あの夜が嘘《うそ》のように穏やかな夏の日。

どこか遠くで。白い瞳がこちらをのぞいて、くすりと笑った気がした。

終章　エピローグ

テレビから、大接戦の大食いバトルを伝える実況が流れている。扇風機に揺らされりんと鳴った風鈴は、妹が夏期学校で作ってきたものだ。魚の絵を描いた、と言われたのだが、どこにも魚らしきものは見当たらない。あるのは海を漂う真っ青な唐辛子の絵だけだ。

「集中しな」

「はい」

姉に言われ、真っ白なプリントに目を戻す。また、りんと風鈴が鳴った。

「なんで、最終日まで宿題を、一つもやらないの」

姉の、怒りを抑え震える声に、てへと舌を出して自分の頭を叩いた。ぶちん、と姉のブチギレる音が響く。

「おんなじ仕事してた葉月《はづき》ちゃんは終わったって言ってたわよ！　なんであんただけ終わってないの！」

「姉貴、知ってるか？　宿題って始めと終わりのページだけやればバレないんだってさ。田中《たなか》が言ってた」

「バカ言ってんじゃない!!」

姉の大声に空気が震えたのか、りん、と風鈴が鳴った。

ついで玄関から、「ただいまー!」と妹の声がした。「お邪魔します」と葉月の声も。

「ほら、二人帰ってきちゃったわよ。どうすんの、流しそうめんやるって約束」

「よし! 俺の宿題も水に流すってことで、おあとがよろしいようで」

ぶん殴られた。

泣きながら計算プリントを解いていたら、コンビニの袋を花火でパンパンにした妹が居間にやってきた。自慢げだった表情が、俺を見て一瞬で曇る。

「和兄《かずにい》まだ終わってないの? 宿題なんて毎日やればすぐ終わるのに」

「俺はアイスの消費以外計画的に行動しないって決めてるの」

「おバカね」

目を向ければ、白いTシャツ姿の葉月が両手にコンビニのシールが貼られためんつゆを持って立っていた。そう、我が家はこれから流しそうめん大会だというのに、俺の宿題放置とめんつゆの残りが少ないことが発覚したのだ。夏である。

庭では父と兄が汗を流しながら竹をセッティングしていて、姉がそろそろ茹《ゆ》でるか、と台所へと立ち上がった。

「和兄、早く終わらせてよ。夜は花火なんだからね」

「俺の宿題も打ち上げ花火と共に儚《はかな》く散る、おあとがよろしいようで」

「おバカすぎるの？」

葉月が火がつかなかった線香花火を見る目で俺を見た。

俺への興味を失ったらしい妹は姉を追いかけ台所に行き、居間に俺と葉月だけが残される。

「そういえば葉月、新しい洗濯機の調子はどうだ？」

「順調よ」

葉月が自慢げに白いTシャツの胸を張った。先日、葉月は百鬼夜行の報酬で洗濯機を買った。もちろん、ボタンひとつで全てが完了する全自動洗濯機だ。科学の進歩は偉大である。

「あ、葉月ん家《ち》の洗濯機に入れたら俺の宿題も全自動で」

「壊すわよ。あなたを」

物騒すぎる発言に怯《おび》えていれば、葉月がすっと俺の隣に腰を下ろした。長い髪を耳にかける仕草が、やけに目につく。

「そんなことしなくても、私が教えてあげるわ」

葉月がプリントに目線を落とし、スラスラと書き込みを始める。その揺れで、耳にかかったはずの髪がサラサラと滑り落ちた。そんな光景を、ぼうと見つめていた。

「ねえ」

「ん？」

「明日から学校だけど、」

　プリントから目を上げない葉月は、続きを言わずにそのまま口を閉じた。その様子に思わず自嘲の笑みがこぼれる。気を遣っていただかなくとも、もう宿題が間に合わないことには気づいている。全てを諦め、机に突っ伏した。

「あーあ、しばらく放課後は婆ちゃん家でも宿題だな」

「え？」

　驚いたように葉月が顔を上げ、鍵が壊れていた金庫を見る目で俺を見た。

「なんだよ、術を教える時間が減るってクレームか？　仕方ないだろ、終わらないんだから」

　白いプリントの束をめくって見せれば、葉月が急にペンを置いた。まさか姉のようにブチギレか、と目を上げた先で。

　うすく染まった頬がきゅうと持ち上がり、それにつられて桃色の唇が弧を描く。細められた瞳の奥には、まつ毛を透かすようにちかちかと夏の日差しのような眩《まぶ》しさが光っていた。そんな、目が眩《くら》んでしまいそうな笑顔から、弾んだ声が転がり出す。

「ふふ！　そうね、弟子の指導をおろそかにするなんて、許せないわ！」

「……ええ⁉」

一拍遅れて、弟子にめちゃくちゃ非難されていることを理解する。態度と言葉が全く合っていない。

葉月は、輝くような笑顔の余韻を残したまま、俺にずいとプリントを渡してきた。よく見れば丸つけがされていて、ざっと見ただけでも○より×が多い。

「和臣《かずおみ》、明日からもよろしくね。手伝ってあげるから、宿題は今日中に終わらせてちょうだい」

「え、それは物理的に無理なんじゃ……」

「終わらせてちょうだい」

流しそうめんには、俺にだけ数学の問題を答えてからすくうシステムが導入された。

あの春の日。葉月と出会ってから一変した俺の日常は、もうすぐ秋を迎える。

あとがき

この度は『七条家《しちじょうけ》の糸使《いとつか》い』をお読みいただき、ありがとうございます。作者の藍依《あいより》青糸《あおし》です。

作者名に見覚えのない方、ご安心ください。この本がデビュー作になります。今までは、一人こそこそと自作小説をネットに放流し、電子の海を濁らせるという活動をしておりました。海でお会いしたことのある方はお久しぶりです。

教室では騒がしいあの子が、夜は着物を着てスマホ片手に妖怪退治のアルバイトをしていたりする、そんな日常と隣り合わせに存在する不思議な世界が好きです。もしかしたら、そこの電柱の影には視《み》えないナニカがひっそりと佇《たたず》んでいて、人間の尻子玉を抜こうとうずうずしているかもしれない、そう思うとドキドキします。

でも、妖怪が視える人たちの社会も、どこか世知辛くて書類と人間関係からは逃れられないのかもしれない。視えない私たちにバレないように、結構必死で走りまわって頑張っていたりするのかもしれない。そんなキラキラしてないファンタジーの現実めいた部分も好きです。

なので、そんな日常の裏、ちょっと嫌なリアリティを持った不思議な世界をのぞく小窓になればいいなと思って、この話を書きました。しかしこの窓、いくらのぞいても河童《かっぱ》の甲羅一つ見えないのはどういうことなんでしょう。私はくちばしと水かきが見たいんです。どこかで河童を見かけた方、至急私にご一報ください。

最後になりましたが、感謝をお伝えしたいと思います。

電子の海で七条家の次男とともに漂流していた私を発見し、一緒にこの本を作ってくださった編集さま。本当にありがとうございます。何も知らない私に、本当にいろいろなことを教えてくださりました。そしてたくさん原稿を読んでいただきました。感謝しかありません。

素敵なカバーイラストを描いていただいた佳奈《かな》さま。本当にありがとうございます。初めてイラストを拝見したとき、思わず三点倒立したぐらいには衝撃でした。何度見ても和《かず》臣《おみ》は本編のどこより和臣ですし、葉月《はづき》は本編のどこより可愛《かわい》いです。本当に、素晴らしいイラストをありがとうございます。

そしてこの本に関わってくださったすべての方々、本当にありがとうございました。

今、この本をお手に取っていただいた皆さまに、ちょっと不思議で良いことが起こるように願っております。

では、またどこかでお会いできたら幸いです。

藍依青糸

本書は、カクヨムに連載された「学年一の美少女は、夜の方が凄かった」を加筆修正したものです。

お便りはこちらまで

〒一〇二―八一七七
富士見L文庫編集部　気付
藍依青糸（様）宛
佳奈（様）宛

富士見L文庫

七条《しちじょう》家《け》の糸《いと》使《つか》い
よわよわ男子《だんし》高校生《こうこうせい》のあやかし退治《たいじ》

藍依《あいより》青糸《あおし》

2025年3月15日　初版発行

発行者　山下直久
発　行　株式会社 KADOKAWA
〒102-8177　東京都千代田区富士見2-13-3
電話　0570-002-301（ナビダイヤル）

印刷所　株式会社暁印刷
製本所　本間製本株式会社
装丁者　西村弘美

定価はカバーに表示してあります。　◇◇◇

●お問い合わせ
https://www.kadokawa.co.jp/（「お問い合わせ」へお進みください）
※内容によっては、お答えできない場合があります。
※サポートは日本国内のみとさせていただきます。
※ Japanese text only

ISBN 978-4-04-075826-8 C0193

ぼんくら陰陽師の鬼嫁

著／秋田みやび　イラスト／しのとうこ

ふしぎ事件では旦那を支え、
家では小憎い姑と戦う!?　退魔お仕事仮嫁語！

やむなき事情で住処をなくした野崎芹は、生活のために通りすがりの陰陽師(!?) 北御門皇臥と契約結婚をした。ところが皇臥はかわいい亀や虎の式神を連れているものの、不思議な力は皆無のぼんくら陰陽師で……!?

【シリーズ既刊】1～8巻

富士見L文庫

碧雲物語
～女のおれが霊法界の男子校に入ったら～

著／紅猫老君　イラスト／未早

美しき東方世界で繰り広げられる、
恋と冒険の本格中華ファンタジー！

天涯孤独の天才少女·凛心は生きるために男装し、国最高峰の蒼天男士学院に首席で入学する。しかし入学初日、氷の美貌と厳格な人柄で知られる五大貴の筆頭·趙家次男の冰悧と最悪な出会いを果たし……!?